बेस्ट हॉरर स्टोरीज

बेस्ट हॉरर स्टोरीज

महेश दत्त शर्मा

युवा हिंदी
Zip Zap Books

प्रकाशक : **युवा हिंदी**

भवन संख्या 2/42 (दूसरी मंजिल), अंसारी रोड, दरियागंज, नई दिल्ली–110002

 / संस्करण : 2025 / मूल्य : तीन सौ रुपए

मुद्रक : आर–टेक ऑफसेट प्रिंटर्स, दिल्ली ISBN 978-93-94871-23-6

BEST HORROR STORIES *by* Shri Mahesh Dutt Sharma ₹ 300.00

Published by **YUVA HINDI**

An imprint of **Namaskar Books**

Building No. 2/42 (Second Floor), Ansari Road, Daryaganj, New Delhi-2

पुस्तक परिचय

डरावनी कहानियों में 'डर' नामक रस की उपस्थिति अनिवार्य नहीं है। डरावनी कहानियों में राक्षसों के साथ सरोवर, हंस, समुद्र, नदी, झरने, गीत-संगीत आदि की कल्पना स्वाभाविक रूप से की जाती रही है। डरावनी कहानियों का इतिहास बहुत पुराना और विविधताओं से भरा है। इनमें कल्पना पर कोई बंदिश नहीं होती। कल्पना के लिए दशों दिशाएँ मिथक में भी खुली होती हैं। मगर वहाँ पाठक स्वयं उन्हें कल्पना मानने को तैयार नहीं होता। उनके प्रति गहरे विश्वास और आस्था के चलते वह मान लेता है कि वे सत्य हैं। भले ही उसने या किसी और ने उस सच को कभी देखा-परखा न हो। इस तरह मिथक कथा में पाठक एक पूर्वग्रह के साथ कहानी को ग्रहण करता है। वहाँ पाठक-श्रोता भी लेखक-किस्सागो के साथ कल्पना की उड़ान भरने को स्वतंत्र होते हैं।

डरावनी कहानियों में पशु-पक्षियों, जड़ वस्तुओं को अविश्वसनीय आचरण करते हुए दिखाया जाता है, जिससे पाठक हैरान हो जाते हैं। उदाहरण के लिए, पेड़-पौधों और पत्थरों का बोलना, पहाड़ों का चलना-फिरना, पशु-पक्षियों का मनुष्यवत् आचरण करना आदि। वह कल्पना की दुनिया है, वास्तविकता से परे। पाठक-श्रोता सामान्यतः मनोरंजन की चाहत में कहानी के पास आते हैं। वे भली-भाँति जानते हैं कि रचना

के सभी पात्र और घटनाक्रम काल्पनिक हैं, उनका वास्तविकता से कोई निकट संबंध नहीं है। अब यह लेखक या किस्सागो पर निर्भर करता है कि पाठकीय मनोरंजन की इच्छा को पूरा करते हुए अपने श्रोता-पाठकों को मनोरंजन के अतिरिक्त कुछ और भी दे, जिसके आधार पर उसका साहित्यकर्म सध सके। पाठक और श्रोता को भी उससे मनोरंजन के अतिरिक्त भी कुछ और प्राप्त होने की उम्मीद होती है।

अपने मूल में डरावनी कहानियाँ अच्छाई और बुराई के संघर्ष के बीच अच्छाई की जीत का भरोसा दिलाती हैं, जिन्हें आगे चलकर कवियों, कहानीकारों और इतिहासकारों ने अपनी-अपनी प्रतिभा से सँवारा है। डरावनी कहानियों में राक्षस की मौजूदगी इतनी महत्त्वपूर्ण नहीं है, जितना यह विश्वास कि उसे परास्त किया जा सकता है।

रोचक बेस्ट हॉरर स्टोरीज का मनोरंजक संग्रह।

अनुक्रम

पुस्तक परिचय *5*

1. लाल दानव 9
2. कंकाल शहर 19
3. घघेरिया 36
4. सुआन का गुडलक 48
5. डपोर शंख 51
6. अतिथि–सत्कार 53
7. एक गलती 54
8. सोना माटी 56
9. नेकी और बदी 58
10. उपवास 59
11. भेद 61
12. नहले पे दहला 63
13. बरगद का पेड़ 65
14. चाँदी का कुआँ 67
15. वो कौन थी? 69

16.	एड्स के जीवाणु	72
17.	वासा लड़ाकू जहाज	80
18.	चौथा विश्वयुद्ध	85
19.	दैत्य का संदूक	90
20.	मणि और राक्षस मक्खी	92
21.	राक्षस का भय	96
22.	अंगुलिमाल	99
23.	राक्षस और राजकुमार	102
24.	जिंदा भूत	104
25.	दुष्ट शेर	109
26.	भूत की मुसीबत	112
27.	भूत आया	118
28.	मछुआरा और जादुई मछली	121
29.	जादुई गाय	127
30.	चील और राजा	138
31.	सोने का कौवा	140

लाल दानव

विजयगढ़ के राजा विजयसिंह के पाँच पुत्र थे। सभी राजा की आँखों के तारे थे। राजा उनके बिना एक पल भी नहीं रह पाता था। उनमें से एक-न-एक राजकुमार जरूर उसके पास रहता था।

एक दिन पाँचों राजकुमारों ने राजा से शिकार पर जाने की अनुमति माँगी। राजा ने सबसे छोटे को अपने पास ही रोक लिया और चारों बड़ों को जाने दिया।

अगले दिन भोर में चारों राजकुमारों ने तीर-तलवारें लिये और घोड़ों पर सवार होकर वन की ओर चल पड़े। दोपहर तक वे एक घने वन में पहुँच गए। एकाएक उन्हें चैकड़ी भरता एक हिरण नजर आया। उन्होंने अपने-अपने घोड़े उसकी ओर दौड़ा दिए।

हिरण हवा की गति से दौड़ रहा था। चारों भाई घंटों तक उसके पीछे दौड़ते रहे, यहाँ तक कि शाम का धुँधलका फैलने लगा था और थोड़ी ही देर बाद हिरण आँखों से ओझल हो गया।

चारों ठिठककर रुक गए। महल से वे तीनों काफी दूर निकल आए थे। रास्ता भी भूल गए थे। अब जाएँ तो कहाँ जाएँ! रात भी गहरा गई थी। अचानक एक तेज गुर्राहट ने उनका खून ठंडा कर दिया। सामने कुछ ही दूरी पर एक बिल्कुल लाल रंग का विशालकाय दानव खड़ा था। उसकी

बड़ी और भयानक आँखें अलाव की तरह सुलग रही थीं।

"तु···तुम ? कौन हो तुम ?" एक राजकुमार हकलाया।

"तुम्हारे किसी सवाल का जवाब नहीं मिलेगा। बस इतना जान लो, मेरा गुलाम हिरण तुम्हें यहाँ लेकर आया है। आज से तुम भी मेरे गुलाम हो।"

इसके बाद उस दानव ने राजकुमारों को ले जाकर अपने किले में कैद कर दिया। दिन में राजकुमार दानव और उसके परिवार की सेवा-चाकरी करते और रात को उन्हें पत्थर का बना दिया जाता। उन जैसे और भी सैकड़ों लोग वहाँ थे। उन लोगों में से रोज किसी-न-किसी को दानव-परिवार अपना भोजन भी बना लेता था।

इसके बाद उस दानव ने राजकुमारों को ले जाकर अपने किले में कैद कर दिया। दिन में राजकुमार दानव और उसके परिवार की सेवा-चाकरी करते और रात को उन्हें पत्थर का बना दिया जाता। उन जैसे और भी सैकड़ों लोग वहाँ थे।

किले के चारों ओर दानव के सगे-संबंधी भयानक दानव पहरा देते थे। राजकुमार भाग भी नहीं सकते थे। वे इस भय से मरे जा रहे थे कि एक-न-एक दिन वे भी दानव-परिवार का निवाला बन जाएँगे। इसी तरह महीनों बीत गए।

इधर महल में राजा और छोटा राजकुमार बहुत परेशान थे। राजा के सैनिक चारों राजकुमारों को पास-दूर ढूँढ़-ढूँढ़कर थक गए थे। एक दिन छोटे राजकुमार से नहीं रहा गया। उसने राजा से अपने बड़े भाइयों को ढूँढ़ने जाने की आज्ञा माँगी। लेकिन राजा बोला कि वह अपने चारों बड़े राजकुमारों को तो खो ही चुका है, उसे नहीं खोना चाहता। वह भी वापस नहीं आया तो वह तो मर ही जाएगा। लेकिन छोटे राजकुमार ने

वादा किया कि अगर उसके भाई नहीं मिले तो वह जल्दी ही वापस लौट आएगा। राजा ने उसकी जिद के आगे घुटने टेक दिए।

छोटा राजकुमार घुड़साल में गया और एक बलिष्ठ घोड़े पर सवार होकर अपने भाइयों की खोज में चल पड़ा। घने वन में दिन भर वह घोड़ा दौड़ाता रहा। शाम होने पर अचानक उसकी नजर एक भेड़िए पर पड़ी। वह निकट पहुँचा तो भेड़िया मरियल स्वर में बोला, "हे मुसाफिर, मैं महीनों से भूखा हूँ। मौत के करीब हूँ। तुम्हारा यह घोड़ा खाने को मिल जाए तो मेरी जान बच सकती है। मुझ पर बड़ा उपकार होगा तुम्हारा।"

राजकुमार सोच में पड़ गया। फिर बोला, "लेकिन मैं अपने भाइयों की खोज में निकला हूँ···। आगे कैसे जाऊँगा?" उसने सारी बात बताई।

सारी कहानी सुनकर भेड़िया बोला, "मैं समझ गया। तुम्हारे भाइयों को लाल दानव ने कैद कर लिया है।"

राजकुमार सोच में पड़ गया। फिर बोला, "लेकिन मैं अपने भाइयों की खोज में निकला हूँ··· । आगे कैसे जाऊँगा?" उसने सारी बात बताई।

सारी कहानी सुनकर भेड़िया बोला, "मैं समझ गया। तुम्हारे भाइयों को लाल दानव ने कैद कर लिया है।"

"ओह! तुम जानते हो उसे?" राजकुमार ने पूछा।

"हाँ! कभी मैं भी तुम्हारी तरह एक राजकुमार था। मेरा नाम राजकुमार सागर है। एक दिन दानव वन से होकर निकला तो लाल दानव ने मुझे अपने किले में कैद कर लिया। एक दिन मैंने विरोध किया तो उसने मुझे भेड़िए में बदल दिया और एक बाड़े में कैद कर दिया। मैंने दिन-रात एक करके बाड़े से किले के बाहर तक एक सुरंग खोदी और

वहाँ से भाग निकला। लाल दानव के डर से यहाँ दूर-दूर तक चिड़िया तक नहीं फटकती, इसलिए मैं भूखा मर रहा हूँ। मैं इस रूप में वापस अपने राज्य भी नहीं लौट सकता।"

"ठीक है। मैं तुम्हें अपना घोड़ा देने को तैयार हूँ।" राजकुमार बोला, "लेकिन फिर तुम मुझे लाल दानव के किले तक ले चलोगे?"

"जरूर। उस सुरंग से मैं तुम्हें उसके किले तक पहुँचा सकता हूँ। मैं उसके कई भेद भी जानता हूँ।"

भेड़िए ने घोड़े को चटपट चट किया और राजकुमार को अपनी पीठ पर बिठाकर लाल दानव के किले की ओर चल पड़ा।

रास्ते में उन्हें एक बाज मिला, जो भटकता हुआ उस वन में आ गया था। कई घंटों की उड़ान से निढाल हुआ वह जमीन पर पड़ा हाँफ रहा था। राजकुमार ने उसकी दुर्दशा देखी तो भेड़िए को रुकने का इशारा किया।

रास्ते में उन्हें एक बाज मिला, जो भटकता हुआ उस वन में आ गया था। कई घंटों की उड़ान से निढाल हुआ वह जमीन पर पड़ा हाँफ रहा था। राजकुमार ने उसकी दुर्दशा देखी तो भेड़िए को रुकने का इशारा किया।

बाज ने खाने को कुछ माँगा।

राजकुमार ने अपने भोजन में से थोड़ा उसे दे दिया। भोजन से तृप्त होकर बाज बोला, "राजकुमार, कभी मेरी सहायता की जरूरत पड़े तो मुझे पुकारना। मेरा नाम बाजूला है।"

इसके बाद बाजूला बाज अपने रास्ते उड़ गया और भेड़िया फिर राजकुमार को लेकर अपने रास्ते पर आगे बढ़ गया। कुछ दूरी पर उन्हें

एक खूबसूरत झील मिली। उसमें सफेद-गुलाबी कमल खिले हुए थे। रंग-बिरंगी मछलियाँ तैर रही थीं। राजकुमार कुछ देर सुस्ताने के लिए वहाँ रुका। वह टहलते हुए एक किनारे पर पहुँचा तो किनारे से दूर एक मछली तड़पती मिली। राजकुमार ने उसे फौरन उठाया और पानी में डाल दिया। मछली की जान में जान आई। वह आभार प्रकट करते हुए बोली, "राजकुमार, तुमने मेरी जान बचाई, धन्यवाद! कभी मेरी सहायता की जरूरत पड़े तो मुझे पुकारना। मेरा नाम 'नीमो' है।"

थोड़ी देर बाद भेड़िया फिर अपने रास्ते पर आगे बढ़ गया। कुछ ही देर बाद वे उस सुरंग के द्वार पर पहुँच गए, जिसे भेड़िए ने झाड़ियों से ढक दिया था।

दोनों सुरंग में दाखिल हुए। वहाँ घुप्प अँधेरा था। झींगुरों और चमगादड़ों के शोर से राजकुमार के कान झनझनाने लगे थे। कुछ ही देर में दोनों किले के अंदर पहुँच गए। अभी दिन का समय था, इसलिए भेड़िया अन्य जानवरों के झुंड में जा मिला और राजकुमार दूसरे लोगों के साथ मिलकर उन्हीं की तरह काम करने लगा। इन्हीं लोगों में राजकुमार को अपने बड़े भाई काम करते हुए दिखाई दिए। पर अभी वह उनसे दूर ही रहा।

दोनों सुरंग में दाखिल हुए। वहाँ घुप्प अँधेरा था। झींगुरों और चमगादड़ों के शोर से राजकुमार के कान झनझनाने लगे थे। कुछ ही देर में दोनों किले के अंदर पहुँच गए। अभी दिन का समय था, इसलिए भेड़िया अन्य जानवरों के झुंड में जा मिला और राजकुमार दूसरे लोगों के साथ मिलकर उन्हीं की तरह काम करने लगा।

उसने लाल दानव को भी देखा, जो कोड़े मार-मारकर उसके भाइयों को यातनाएँ दे रहा था और अट्टहास कर रहा था, "आहा,

तुम बहुत मजबूत और हिम्मती हो। कल तुम ही मेरे परिवार का भोजन बनोगे।"

रात को भेड़िया और राजकुमार सुरंग के मुँह के पास मिले। राजकुमार बहुत परेशान था, क्योंकि कल लाल दानव उसके भाइयों को भोजन जो बनानेवाला था। उसने भेड़िए से लाल दानव को मारने की तरकीब पूछी। भेड़िए ने उसे हिम्मत बँधाई और बोला, "राजकुमार, मैंने लाल दानव को इस बारे में बात करते सुना है। तब मैं उसका खास सेवक था। इस किले की सबसे ऊँची मीनार पर एक चाबी लटकी है। वह चाबी किले के पूर्वी छोर पर स्थित एक कुएँ की है। उस कुएँ में एक बतख कैद है। उस बतख के पेट में छिपे एक अंडे में लाल दानव की जान सुरक्षित है।"

राजकुमार, मैंने लाल दानव को इस बारे में बात करते सुना है। तब मैं उसका खास सेवक था। इस किले की सबसे ऊँची मीनार पर एक चाबी लटकी है। वह चाबी किले के पूर्वी छोर पर स्थित एक कुएँ की हैं। उस कुएँ में एक बतख कैद है। उस बतख के पेट में छिपे एक अंडे में लाल दानव की जान सुरक्षित है।

"ओह! यानी हमें वह अंडा हासिल करना होगा।" राजकुमार ने कहा।

दोनों चाबी हासिल करने के लिए छिपते-छिपाते मीनार की ओर चल पड़े। मीनार के निकट एक क्रूर दानव हाथ में धारदार फरसा लिये पहरा दे रहा था। एक खंभे की आड़ से राजकुमार ने ताली बजाई तो वह फुरती से उसकी ओर घूमा। राजकुमार को देखकर वह फरसा लहराते हुए उसकी ओर झपटा। तभी पीछे से भेड़िए ने छलाँग लगाकर दानव की गरदन में अपने दाँत गड़ा दिए। राजकुमार ने फुरती से उसका फरसा छीना और एक ही वार में

उसकी गरदन धड़ से अलग कर दी। दानव को सँभलने तक का मौका नहीं मिला और वह कटे पेड़ की तरह धराशायी हो गया।

राजकुमार एवं भेड़िया दोनों मीनार के नीचे पहुँचे। मीनार के शीर्ष पर एक चाबी लटकी थी। इतना ऊपर कैसे पहुँचें, दोनों इसी उधेड़-बुन में थे। तभी भेड़िए ने कुछ याद करते हुए कहा, "राजकुमार, बाजूला को मदद के लिए पुकारो। चाबी तक वही पहुँच सकता है।"

राजकुमार की आँखें चमकने लगीं। उसे बाजूला की बात याद आई। अगले ही पल वह जोर से चिल्लाया, "बाजूला, मदद करो।"

थोड़ी ही देर में पंख फड़फड़ाता हुआ बाजूला वहाँ आ गया। राजकुमार ने उससे चाबी लाने को कहा। बाजूला ने चाबी राजकुमार को सौंपी ही थी कि हाथों में फरसे लिये कई दानव उसी ओर आते दिखाई दिए। वे राजकुमार की आवाज सुनकर ही उस ओर आए थे।

थोड़ी ही देर में पंख फड़फड़ाता हुआ बाजूला वहाँ आ गया। राजकुमार ने उससे चाबी लाने को कहा। बाजूला ने चाबी राजकुमार को सौंपी ही थी कि हाथों में फरसे लिये कई दानव उसी ओर आते दिखाई दिए। वे राजकुमार की आवाज सुनकर ही उस ओर आए थे।

भेड़िए ने बाजूला को फौरन वहाँ से जाने को कहा और राजकुमार को अपनी पीठ पर बैठाकर गुप्त रास्ते से अपने अलगे पड़ाव की ओर दौड़ पड़ा। दानव उन्हें देख नहीं पाए थे, लेकिन ज्यों ही उन्होंने मीनार के पहरेदार अपने साथी को मृत देखा, सब शोर मचाने लगे। कुछ अपने राजा लाल दानव को सूचना देने को दौड़े।

इसी बीच भेड़िए और राजकुमार ने कुएँ का दरवाजा खोल लिया था।

वह एक सीढ़ीदार कुआँ था। दोनों सीढ़ियाँ उतरकर नीचे पहुँचे। राजकुमार ने सबसे निचली सीढ़ी पर बैठकर हाथ बढ़ाया और बतख को पकड़ा तो उसने अपने पेट में छिपा अंडा मुँह से पानी में उगल दिया और पंख फड़फड़ाती हुई उड़ गई। अंडा गहरी तली में जाकर डूब गया। राजकुमार ने अंडा हाथ से निकालने की कई बार असफल कोशिश की। अब क्या करे? हाथ में आई सफलता यों छिनते देखकर दोनों की आँखों में निराशा छलक आई थी। तभी राजकुमार को नीमो मछली की याद आई। उसने कहा था कि कभी उसकी मदद की जरूरत पड़े तो उसे याद करना।

राजकुमार ने पुकारा, "नीमो, मदद करो।"

कुएँ में अचानक एक तेज उबाल आया और नीमो हाँफती हुई प्रकट हुई, "राजकुमार, क्या बात है? बड़ी मुसीबत में लगते हो! तभी मुझे इतनी दूर से बुलाया है।"

राजकुमार ने सारी बात बताई। नीमो ने फौरन पानी में डुबकी लगाई और अंडा लाकर उसकी हथेली पर रख दिया।

कुएँ में अचानक एक तेज उबाल आया और नीमो हाँफती हुई प्रकट हुई, "राजकुमार, क्या बात है? बड़ी मुसीबत में लगते हो! तभी मुझे इतनी दूर से बुलाया है।" राजकुमार ने सारी बात बताई। नीमो ने फौरन पानी में डुबकी लगाई और अंडा लाकर उसकी हथेली पर रख दिया।

नीमो लौट गई। राजकुमार और भेड़िया कुएँ से बाहर आ गए। सामने से लाल दानव अपनी दानव-सेना के साथ उसी ओर दौड़ा आ रहा था। उसे देख भेड़िया आतुरता से बोला, "अंडा दबाओ राजकुमार!"

राजकुमार ने जैसे ही अंडा दबाया, लाल दानव चीख पड़ा, "ठहरो, उसे मत दबाओ।"

"एक शर्त पर···यहाँ बंद जितने लोगों को रात में तुमने पत्थर का बना दिया है और जितने इनसानों को जानवर बना दिया है, उन सभी को इसी समय पहले जैसा करो।"

"म···मैं अभी ठीक करता हूँ, पहले अंडा दबाना बंद करो।"

राजकुमार ने वैसा ही किया और लाल दानव ने भी सभी को पहले जैसा कर दिया। इसी के साथ भेड़िया भी एक सुंदर राजकुमार में बदल गया।

लाल दानव बोला, "लड़के, मैंने सबको ठीक कर दिया है, अब अंडा मुझे वापस कर दो।"

तभी भेड़िए से बदले राजकुमार, जिसका नाम सागर था, ने छोटे राजकुमार से कहा, "इस लाल दानव का कोई भरोसा नहीं है। इस अंडे को फौरन फोड़ दो राजकुमार, वरना जीती बाजी हमारे हाथों से निकल जाएगी।"

छोटे राजकुमार ने फौरन अंडे के टुकड़े-टुकड़े कर दिए। इसी के साथ दानवों में चीख-पुकार मच गई और देखते-ही-देखते सब धुआँ बनकर उड़ गए।

लाल दानव बोला, "लड़के, मैंने सबको ठीक कर दिया है, अब अंडा मुझे वापस कर दो।" तभी भेड़िए से बदले राजकुमार, जिसका नाम सागर था, ने छोटे राजकुमार से कहा, "इस लाल दानव का कोई भरोसा नहीं है। इस अंडे को फौरन फोड़ दो राजकुमार, वरना जीती बाजी हमारे हाथों से निकल जाएगी।"

कैदी बने सब लोगों ने छोटे राजकुमार और राजकुमार सागर को घेर लिया। चारों राजकुमार ने जब अपने छोटे भाई को वहाँ देखा तो खुशी से उसे गले लगा लिया। उसने सारी कहानी बताई और सबको राजकुमार सागर से मिलवाया।

सबने राजकुमार सागर का आभार प्रकट किया कि उसके कारण उन्हें कष्टों से मुक्ति मिली। राजकुमार सागर ने भी छोटे राजकुमार को धन्यवाद दिया कि उनके आपसी सहयोग और सूझबूझ ने लाल दानव के आतंक से उस इलाके को मुक्त करवा दिया।

इसके बाद राजकुमार सागर उन्हें अपने राज्य में ले गया। उसकी पाँच बहनें थीं। उसने पाँचों राजकुमारों से उनका विवाह कर दिया। थोड़े दिनों बाद पाँचों राजकुमार अपनी पत्नियों के साथ अपने राज्य लौट आए। राजा विजयसिंह उन्हें देखकर बहुत खुश हुए। उनकी आँखों के तारे लौट आए थे।

विजयगढ़ में उस दिन घी के दीये जलाए गए। पाँचों राजकुमारों के विवाह का उत्सव धूमधाम से मनाया गया, जिसमें पूरा विजयगढ़ शामिल हुआ।

छोटे राजकुमार के आग्रह पर राजा विजयसिंह ने लाल दानव के किले को अपनी नई राजधानी बनाया और छोटे राजकुमार को वहाँ की देखरेख के लिए राजा नियुक्त कर दिया। कुछ ही महीनों में वह इलाका इनसानों और तरह-तरह के प्राणियों से आबाद हो गया और छोटा राजकुमार वहाँ शांतिपूर्वक राज करने लगा।

□

कंकाल शहर

अनोखी तबीयत के मालिक गब्बा-गब्बा को तंत्र-मंत्र में महारत हासिल थी। उसने जब से होश सँभाला, अपने को जहरीले साँप और अजगरों के बीच में पाया। जहरीले साँप उसके हाथ-पैर दबाते हैं। एक लोटा जहर पीना उसका रोज का नियम था।

बचपन से ही गब्बा-गब्बा जंगलों में साँप पकड़ने लगा। 35 साल की उम्र में उसने हजारों साँप पकड़े, उनका जहर निकाला और उसे बेचा।

उसकी एक बहन है—चंद्रमणि, जिसे वह बहुत प्रेम करता है। उनके माँ-बाप बचपन में ही गुजर गए थे, इसलिए दोनों में से किसी को भी उनकी शक्ल तक याद नहीं है, दोनों जानते हैं तो बस साँप-अजगरों को, जिनके साथ वे जंगल में पले-बढ़े।

घने जंगलों के बीच बनी झोंपड़ी में दोनों रहते हैं।

चंद्रमणि अपने भाई के लिए खाना बना रही थी। तभी गब्बा-गब्बा झोंपड़ी में आया और बोला, "क्या बना रही हो, चंद्रमणि, बहुत भूख लगी है?"

"भइया, साँपों की सब्जी तुम्हें बहुत पसंद है न, तो मैं वही बना रही हूँ।"

“वाह बहन! मेरा कितना खयाल रखती हो तुम।”

दोनों ने भरपेट भोजन किया और रात होने पर गब्बा-गब्बा बोला, “मैं जा रहा हूँ बहन।”

“कब लौटोगे भइया?”

“जल्दी ही और हाँ, बाजार से अपनी जरूरत का समान ले आना, चंद्रमणि।”

इतना कहकर गब्बा-गब्बा अँधेरे में खोता चला गया और थोड़ी ही देर में चंद्रमणि की आँखों से ओझल हो गया।

चंद्रमणि बुदबुदाई, “हर अमावस की रात भइया न जाने कहाँ चले जाते हैं! पिछली बार तीन हफ्ते बाद लौटे थे।”

अगले दिन चंद्रमणि उदास मन से पास के राज्य सूरजगढ़ की ओर बढ़ी जा रही थी। खरीदारी करने वह अकसर वहीं जाती थी। बीस साल की चंद्रमणि यौवन के उठान पर थी। उसका रंग हलका सा दबा हुआ था, लेकिन तीखे नैन-नक्श में बला का चुंबकीय आकर्षण था कि लोगों की निगाहें बरबस ही उसकी ओर उठ जाती थीं। उसकी आँखों में ऐसी लपटदार तेजी थी कि लोग उसकी आँखों में देखकर सम्मोहित से हो जाते थे। शायद साँपों के बीच रहकर उसकी आँखों में साँपिन जैसी चमक आ गई थी, जो

अगले दिन चंद्रमणि उदास मन से पास के राज्य सूरजगढ़ की ओर बढ़ी जा रही थी। खरीदारी करने वह अकसर वहीं जाती थी। बीस साल की चंद्रमणि यौवन के उठान पर थी। उसका रंग हलका सा दबा हुआ था, लेकिन तीखे नैन-नक्श में बला का चुंबकीय आकर्षण था कि लोगों की निगाहें बरबस ही उसकी ओर उठ जाती थीं।

सभी को ठिठका देती थी। साँचे में ढला उसका बदन किसी कलाकार की सर्वश्रेष्ठ कलाकृति जैसा मालूम पड़ता था। बगैर साज-श्रृंगार के भी उसमें श्रेष्ठ सुंदरी के सारे गुण मौजूद थे।

सूरजगढ़ के बाजार से खरीदारी करके वह ज्यों ही पलटी 'ढम-ढम' की आवाज उसके कानों में पड़ी। कई युवतियाँ शोर की ओर भागी चली जा रही थीं। जिज्ञासावश चंद्रमणि भी उस ओर चल पड़ी।

कुछ ही दूरी पर एक दरबारी ढोल बजाते हुए मुनादी कर रहा था, "सुनो-सुनो-सुनो! सूरजगढ़ की प्राचीन परंपरा के अनुसार युवराज कनकसिंह आज राज्य की सबसे सुंदर युवती को सम्मानित करेंगे। युवतियों से अनुरोध है, अपनी किस्मत आजमाएँ।"

> *कुछ ही दूरी पर एक दरबारी ढोल बजाते हुए मुनादी कर रहा था, "सुनो-सुनो-सुनो! सूरजगढ़ की प्राचीन परंपरा के अनुसार युवराज कनकसिंह आज राज्य की सबसे सुंदर युवती को सम्मानित करेंगे। युवतियों से अनुरोध है, अपनी किस्मत आजमाएँ।"*

'ओह! तो यह बात है,' चंद्रमणि अपने आप से बोली, 'तभी सभी लड़कियाँ उतावली सी भाग रही हैं।'

तमाशबीन बनी चंद्रमणि भी लड़कियों के पीछे चलकर राजमहल के प्रांगण तक जा पहुँची, जहाँ राजकुमार का दरबार सजा हुआ था।

ठीक इसी वक्त राज्य के सूचना मंत्री ढोलप्रसाद ने घोषणा की, "सावधान! राजकुमार कनकसिंह राज्य-सुंदरी का चुनाव करने पधार रहे हैं।"

एकत्र सुंदरियों के दिलों की धड़कनें सातवें आसमान को छूने

लगीं। राजकुमार कनकसिंह अपने मंत्रियों के साथ सुंदरियों की परीक्षा करने लगे।

तमाशबीनों के बीच खड़ी चंद्रमणि बुदबुदा रही थी, 'अजीब तमाशा है!'

सारी सुंदरियों की परीक्षा के बाद राजकुमार कनकसिंह का चेहरा लटक गया, "उफ, कोई भी युवती खिताब पाने के लायक नहीं है।"

तभी उनकी नजर चंद्रमणि पर पड़ी, "अति सुंदर, यही है खिताब की असली हकदार।"

सारी सुंदरियों की परीक्षा के बाद राजकुमार कनकसिंह का चेहरा लटक गया, "उफ, कोई भी युवती खिताब पाने के लायक नहीं है।" तभी उनकी नजर चंद्रमणि पर पड़ी, "अति सुंदर, यही है खिताब की असली हकदार।"

चंद्रमणि को 'राज्य-सुंदरी' के खिताब का मुकुट पहनाते हुए कनकसिंह ने पूछा, "बधाई हो सुंदरी! तुम्हारा नाम क्या है?"

चंद्रमणि भौचक्की खड़ी थी। बड़ी मुश्किल से उसके होंठ हिले, "च···चंद्रमणि। मैं इस मुकुट के योग्य नहीं हूँ युवराज।"

ठीक तभी राजपुरोहित भीष्मदेव दहाड़ उठे, "लड़की, किस कुल में जन्म लिया है तुमने? तुम्हारे माँ-बाप कौन हैं?"

चंद्रमणि का सारा बदन सफेद पड़ गया, मानो खून का कतरा-कतरा निचोड़कर निकाल लिया हो। सूखे होंठों पर जुबान फेरते हुए वह हकलाई, "पुरोहितजी, एक भाई के सिवा मेरा इस दुनिया में कोई नहीं है।" इसके बाद वह अपने घर-बार के बारे में सबकुछ बताती चली गई।

जब वह खामोश हुई तो राजपुरोहित भीष्मदेव की आँखें अंगारों की

भाँति दहकने लगी थीं। वे दुनिया भर का जहर उगलते हुए फुफकारते हुए बोले, "एक मामूली सपेरे की बहन, जिसके कुल का कुछ अता-पता नहीं, इस राजसी मुकुट के योग्य नहीं हो सकती। कदापि नहीं।"

राजा चमकसिंह ने भी राजपुरोहित की हाँ-में-हाँ मिलाई और आदेश दिया, "सैनिको! इस लड़की से मुकुट छीन लो और इसे सूरजगढ़ राज्य की सीमा से बाहर निकाल फेंको।"

घोर अपमान से चंद्रमणि की आँखें गंगा-यमुना की तरह बहने लगीं। रुँधे गले से बोली, "यह मुकुट भले ही ले लो, पर मेरा अपमान मत करो।"

सैनिकों ने उसकी एक नहीं सुनी। वे राजाज्ञा का पालन करने लगे, "चल, बड़ी आई थी राजसुंदरी बनने! हमारे महाराज बड़े दयालु हैं, इसलिए तुझे छोड़ दिया, वरना फाँसी पर चढ़ा देते।"

राजकुमार कनकसिंह ने विरोध किया, "महाराज, यह ठीक नहीं हो रहा। सैनिकों को रोकिए।"

सैनिकों ने उसकी एक नहीं सुनी। वे राजाज्ञा का पालन करने लगे, "चल, बड़ी आई थी राजसुंदरी बनने! हमारे महाराज बड़े दयालु हैं, इसलिए तुझे छोड़ दिया, वरना फाँसी पर चढ़ा देते।" राजकुमार कनकसिंह ने विरोध किया, "महाराज, यह ठीक नहीं हो रहा। सैनिकों को रोकिए।"

"राज-परंपराओं को हम तोड़ नहीं सकते, युवराज।" महाराज चमकसिंह पथरीले स्वर में बोले, "इसको अपने किए की सजा मिल रही है।"

राजकुमार कनकसिंह का दिल भर आया, "आह! उसके अपमान का हमें कोई हक नहीं महाराज। लेकिन ये परंपराएँ…।"

पुरोहित भीष्मदेव के चेहरे पर गुरूर की चाशनी पुती हुई थी। वे नफरत भरे स्वर में गुर्राए, "राज्य से बाहर फेंको इस नामुराद को।"

चंद्रमणि को सूरजगढ़ की सीमा से बाहर फेंकते हुए सैनिक उसके जख्मों पर नमक छिड़कते हुए बोले, "अब सूरजगढ़ की ओर रुख किया तो जीवित नहीं छोड़ेंगे।"

चंद्रमणि नुकीले पत्थरों और काँटों के बीच लहूलुहान पड़ी थी। उसका घोर अपमान हुआ था। वह अपने आप से नजरें नहीं मिला पा रही थी। लड़खड़ाती हुई वह किसी तरह उठी। उसके पैर उसके शरीर का बोझ नहीं ढो पा रहे थे। वह ऐसे घिसट रही थी, मानो पैरों से मनों वजनी पत्थर बाँध दिए गए हों। अपमान का बोझ कितना भारी होता है, यह उसे देखकर समझा जा सकता था।

चंद्रमणि नुकीले पत्थरों और काँटों के बीच लहूलुहान पड़ी थी। उसका घोर अपमान हुआ था। वह अपने आप से नजरें नहीं मिला पा रही थी। लड़खड़ाती हुई वह किसी तरह उठी। उसके पैर उसके शरीर का बोझ नहीं ढो पा रहे थे।

किसी तरह वह अपनी झोंपड़ी तक पहुँची और एक चट्टान पर अपने लहू से लिखने लगी, "भइया, तुम्हारी बहन का अपमान हुआ है। इस अपमान का बोझ लिये मैं जी न सकूँगी। सूरजगढ़ के लोगों ने तुम्हारी बहन का अपमान किया है, भइया। इसलिए मर रही है तुम्हारी बहन। तुम्हें अंतिम प्रणाम। चंद्रमणि।"

चट्टान को अपने खून से रँगकर चंद्रमणि पलटी, फिर एक अति जहरीली नागिन का पिटारा खोलकर उससे बोली, "अपना सारा जहर मेरे जिस्म में उगल दे नागिन!"

नागिन ने फौरन उसकी आज्ञा का पालन किया। चंद्रमणि को उसने

ठीक उस स्थान पर काटा, जहाँ सुहागिनें बिंदिया लगाया करती हैं। भाई की प्यारी बहन परंपराओं की बलि चढ़ गई। अंतिम चीख—'अलविदा भइया,' के साथ ही जंगल के कुछ परिंदे तेजी से फड़फड़ाए और फिर वहाँ मौत सी भयानक शांति छा गई। घोर निस्तब्धता!

ठीक इसी वक्त एक घने जंगल में गब्बा-गब्बा को हिचकी उठी—"ओह! चंद्रमणि याद कर रही है।" वह बुदबुदाया, "लेकिन इस बार इच्छाधारी नागिन को पकड़े बगैर नहीं जाऊँगा।"

एकाएक उसकी आँखें चमकने लगीं। वह पेड़ की आड़ से किसी को देख रहा था, "इस बियाबान जंगल में अकेली लड़की! कहीं यही तो इच्छाधारी नागिन नहीं? अभी पता लगाता हूँ मंत्रशक्ति से इसकी असलियत।"

एकाएक उसकी आँखें चमकने लगीं। वह पेड़ की आड़ से किसी को देख रहा था, "इस बियाबान जंगल में अकेली लड़की! कहीं यही तो इच्छाधारी नागिन नहीं? अभी पता लगाता हूँ मंत्रशक्ति से इसकी असलियत।"

गब्बा-गब्बा अजीब सी भाषा में मंत्र पढ़ने लगा, जिसका अर्थ कुछ यों था, "छू मंतर...नागिन हो या लड़की, कोई रहे न अंतर!"

सचमुच! इच्छाशक्ति नागिन थी वह लड़की। गब्बा-गब्बा खुशी से कुलाँचे भरने लगा, "मेरा अंदाजा ठीक निकला।"

गब्बा-गब्बा की भनक लग गई थी इच्छाधारी नागिन को भी। वह फुरती से पीछे पलटी, "हाय सपेरा! मेरा जानी दुश्मन।"

गब्बा-गब्बा बला की फुरती से नागिन के सामने आ धमका और अपनी बीन को हथियार की तरह थामते हुए बोला, "सालों से मैं तेरी

तलाश में हूँ इच्छाधारी, आज तू मेरे हाथों नहीं बचेगी।"

बीन बजाने लगा वह।

युवती बुरी तरह तड़पने लगी, "बंद करो यह आवाज। मुझे अपने जोड़े से जुदा मत करो सपेरे...।"

लेकिन गब्बा-गब्बा बदस्तूर बीन बजाता रहा। उसका स्वर तेज से और तेज होता चला गया। और उस पल उसकी खुशी का ठिकाना नहीं रहा, जब वह युवती एक नागिन में बदलती चली गई।

गब्बा-गब्बा ने अपने झोले से एक पिटारा नागिन के सामने फेंका और राई के दानों पर मंत्र फूँककर नागिन की ओर उछाल दिए। इच्छाधारी नागिन खुद-ब-खुद पिटारे में चली गई।

गब्बा-गब्बा ने पिटारे का ढक्कन बंद कर दिया और बोला, "अब तू मेरी मंत्रशक्ति में कैद है इच्छाधारी, अब तू मेरी अनुचर है। मेरा हर काम करेगी तू।"

गब्बा-गब्बा ने अपने झोले से एक पिटारा नागिन के सामने फेंका और राई के दानों पर मंत्र फूँककर नागिन की ओर उछाल दिए। इच्छाधारी नागिन खुद-ब-खुद पिटारे में चली गई।

गब्बा-गब्बा ने पिटारे का ढक्कन बंद कर दिया और बोला, "अब तू मेरी मंत्रशक्ति में कैद है इच्छाधारी, अब तू मेरी अनुचर है। मेरा हर काम करेगी तू।"

उसे लेकर खुशी-खुशी अपने घर चल पड़ा गब्बा-गब्बा। मीलों का सफर तय करके वह अपनी झोंपड़ी तक पहुँचा और दूर से ही पुकारने लगा, "चंद्रमणि बहन, देख मैं क्या लाया हूँ।"

प्रत्युत्तर में वहाँ से भयानक सन्नाटे के सिवा कोई आवाज नहीं आई। माथे पर बल पड़ गए गब्बा-गब्बा के। झोंपड़ी के नजदीक ही एक मानव-कंकाल पड़ा था। जो चंद्रमणि का था। नागिन के जहर से उसका मांस बुरी तरह सड़-गल गया था।

गब्बा-गब्बा सोच में डूब गया, 'यह कंकाल किसका है?'

तभी चट्टान पर लिखे खूनी अक्षरों पर उसकी निगाह पड़ी। वह भूखे भेड़िए सा गुर्राया, "नहीं चंद्रमणि! आँसुओं के रूप में दहकता लावा झरने लगा उसकी आँखों से, तेरी सौगंध बहन! सूरजगढ़ वालों ने जैसे तुझे कंकाल में बदला है, मैं उन सबको कंकाल में बदल दूँगा।"

तभी चट्टान पर लिखे खूनी अक्षरों पर उसकी निगाह पड़ी। वह भूखे भेड़िए सा गुर्राया, "नहीं चंद्रमणि! आँसुओं के रूप में दहकता लावा झरने लगा उसकी आँखों से, तेरी सौगंध बहन! सूरजगढ़ वालों ने जैसे तुझे कंकाल में बदला है, मैं उन सबको कंकाल में बदल दूँगा।"

उसने नम आँखों से अपनी बहन के अवशेषों का अंतिम संस्कार किया, फिर प्रतिशोध की आग में दहकता हुआ इच्छाधारी नागिन के पिटारे के पास आ खड़ा हुआ। फिर एक झटके से उसका ढक्कन हटा दिया।

इच्छाधारी नागिन गुस्से से फन फैलाकर पूँछ के बल खड़ी हो गई। "इच्छाधारी," गब्बा-गब्बा फुफकारता हुआ बोला, "अपनी सारी शक्तियाँ मेरे शरीर में डाल दे। अभी···इसी वक्त।"

"जो आज्ञा मेरे स्वामी!" और देखते-ही-देखते इच्छाधारी नागिन की सारी दिव्य शक्तियाँ गब्बा-गब्बा के शरीर में समाती चली गईं। अब वह मनचाहा रूप धर सकता था, जबकि इच्छाधारी नागिन कमजोर दशा

में पिटारे में पड़ी रह गई थी।

गब्बा-गब्बा ने एक स्याह काले बाज का रूप धरा और सूरजगढ़ की ओर उड़ चला।

सूरजगढ़ में राजपुरोहित भीष्मदेव अपने दैनिक कर्मों में लीन थे। वे नदी में स्नान के बाद सूर्य को चल चढ़ा रहे थे कि तभी एकाएक चौंक पड़े, "काला बाज। अरे···रे···ये तो मेरे सिर के चारों तरफ चक्कर लगा रहा है।"

भीष्मदेव का सिर चकराने लगा। चीखते हुए वे चारों खाने चित जमीन पर जा गिरे और देखते-ही-देखते कंकाल में बदल गए।

भीष्मदेव का सिर चकराने लगा। चीखते हुए वे चारों खाने चित जमीन पर जा गिरे और देखते-ही-देखते कंकाल में बदल गए। राजपुरोहित भीष्मदेव का सेवक वीरवान सारी घटना देख रहा था। जंगल में लगी आग की तरह उसने यह खबर पूरे सूरजगढ़ में फैला दी।

राजपुरोहित भीष्मदेव का सेवक वीरवान सारी घटना देख रहा था। जंगल में लगी आग की तरह उसने यह खबर पूरे सूरजगढ़ में फैला दी।

महाराज चमकसिंह ने वीरवान को दरबार में तलब किया, "राजपुरोहितजी कंकाल में बदल गए? यह सब कैसे हुआ वीरवान?"

"महाराज, एक काला बाज···" वीरवान ने सारी घटना सिलसिलेवार दोहरा दी।

चमकसिंह ने सूचना मंत्री ढोलप्रसाद को आदेश दिया, "मंत्रीजी, प्रजा को काले बाज से खबरदार कर दो। सब सावधान रहें। पता नहीं ये कैसी मुसीबत है!"

इसके बाद चमकसिंह ने मंत्रशक्ति के जानकार अपने मित्र मगरेंद्र को बुलवा भेजा। उसे सारी घटना बताई। मगरेंद्र चमकसिंह को धीरज बँधाता हुआ बोला, "काले बाज की असलियत को मैं जल्दी ही बेनकाब कर दूँगा महाराज, आप चिंता न करें।"

उधर लोगों में काले बाज का खौफ फैला हुआ था। अब तक वह सैकड़ों लोगों को कंकाल में बदल चुका था। ढूँढ़ता हुआ मगरेंद्र उस तक पहुँच गया। उसे देखते ही बाज बला की तेजी से उसकी ओर झपटा। मगरेंद्र ने झट अपने जादुई दंड से एक तंत्र किरण उसकी ओर छोड़ी। बाज की आँखों से निकली किरणों ने उसे बीच में ही रोककर वापस मगरेंद्र की ओर मोड़ दिया। मगरेंद्र ने बड़ी मुश्किल से अपनी जान बचाई।

उधर लोगों में काले बाज का खौफ फैला हुआ था। अब तक वह सैकड़ों लोगों को कंकाल में बदल चुका था। ढूँढ़ता हुआ मगरेंद्र उस तक पहुँच गया। उसे देखते ही बाज बला की तेजी से उसकी ओर झपटा। मगरेंद्र ने झट अपने जादुई दंड से एक तंत्र किरण उसकी ओर छोड़ी।

इसके बाद मगरेंद्र वहाँ नहीं रुका, जादुई दंड पर सवार होकर वह वहाँ से गायब हो गया। फिर कुछ दूरी पर प्रकट होकर उसने जादुई दंड से काले बाज की असलियत पूछी। अब तक उड़ता हुआ जादुई दंड जंगल में गब्बा-गब्बा की झोंपड़ी तक आ पहुँचा था। यहाँ दंड ने मगरेंद्र को नीचे उतार दिया और बोला, "यहीं आपको आपके सारे सवालों के जवाब मिलेंगे मालिक।"

मगरेंद्र अचंभे में डूबा हुआ था कि तभी उसकी नजर चट्टान पर लिखे चंद्रमणि के खूनी अक्षरों पर पड़ी। 'चंद्रमणि।' उसने अपने दिमाग

पर जोर डाला, 'इसे तो राजपुरोहित के कहने पर अपमानित किया गया था।'

मगरेंद्र झोंपड़ी में दाखिल हुआ। अंदर दीवार पर चंद्रमणि और गब्बा-गब्बा की तसवीरें टँगी थीं। मगरेंद्र बड़बड़ाया, "इनमें एक तो चंद्रमणि है, दूसरा उसका भाई लगता है, जैसा कि उसने बताया था। कहीं यही तो काला बाज··· ?"

फिर इससे पहले कि मगरेंद्र अपनी बात पूरी कर पाता, साँप के पिटारे से आवाज आई, "हाँ, चंद्रमणि का भाई गब्बा-गब्बा ही काला बाज है।"

मगरेंद्र झोंपड़ी में दाखिल हुआ। अंदर दीवार पर चंद्रमणि और गब्बा-गब्बा की तसवीरें टँगी थीं। मगरेंद्र बड़बड़ाया, "इनमें एक तो चंद्रमणि है, दूसरा उसका भाई लगता है, जैसा कि उसने बताया था। कहीं यही तो काला बाज··· ?"

एक के बाद एक रहस्यमय घटनाएँ घट रही थीं। मगरेंद्र की आँखों में अचंभे का समुंदर लहरा रहा था, "पिटारे में कौन है ?"

उसने ढक्कन हटा दिया।

"स···साँप!"

पिटारे में शक्तिहीन इच्छाधारी नागिन थी। उसने अपनी आत्मकथा से लेकर चंद्रमणि की मौत और गब्बा-गब्बा के काले बाज बनने तक की पूरी कहानी बता दी।

जब नागिन खामोश हुई तो मगरेंद्र बोला, "अच्छा तो गब्बा-गब्बा ये सब अनर्थ तुम्हारी शक्तियों के बल पर कर रहा है। उसे रोकने का कोई उपाय तुम्हें मालूम है इच्छाधारी नागिन ?"

"जरूर, इसके लिए तुम्हें सर्पांचल की बियाबान पहाड़ी पर जाना होगा। वहाँ मेरा जीवनसाथी इच्छाधारी नाग रहता है। लो, यह नागमणि।

इसे दिखाओगे तो मेरा पति तुम्हारी हर तरह से सहायता करेगा।"

मगरेंद्र सर्पांचल की ओर चल पड़ा।

उधर सूरजगढ़ में राजा चमकसिंह चिंता के सागर में गोते लगा रहा था। उसकी आधी से ज्यादा प्रजा कंकाल में बदल चुकी थी। वह अपने महल में टहल रहा था, तभी भय से उसकी आँखें बाहर को उबल पड़ीं। काला बाज मौत बना उसे घूर रहा था। राजा ने थूक सटकते हुए पूछा, "क...कौन हो तुम?"

"मुझे कैसे पहचानोगे चमकसिंह," भभकते लावे जैसे दहकते स्वर में बाज बोला, "मैं वही सपेरा हूँ, जिसकी बहन चंद्रमणि को तुमने अपमानित किया था। उसके हत्यारे हो तुम।"

उधर सूरजगढ़ में राजा चमकसिंह चिंता के सागर में गोते लगा रहा था। उसकी आधी से ज्यादा प्रजा कंकाल में बदल चुकी थी। वह अपने महल में टहल रहा था, तभी भय से उसकी आँखें बाहर को उबल पड़ीं। काला बाज मौत बना उसे घूर रहा था। राजा ने थूक सटकते हुए पूछा, "क... कौन हो तुम?"

"नहीं।" चलचित्र की भाँति चमकसिंह के सामने पूरी घटना सजीव हो उठी। मौत के डर से थरथरा उठा चमकसिंह, "ह...हमें साफ कर दो सपेरे। हम प्रायश्चित्त करेंगे।"

"नहीं, मौत ही तुम्हारा सच्चा प्रायश्चित्त होगी।"

अपने महाराज को खतरे में घिरा देख चार सैनिक तलवार लेकर बाज पर टूट पड़े, लेकिन बेचारे पल भर में कंकाल में बदल गए। चमकसिंह जान बचाने के लिए बेतहाशा भागने लगा, लेकिन काले बाज ने भूखे भेड़िए की तरह अपने विकराल पंजे से उस पर खूनी वार किया

और देखते-ही-देखते चमकसिंह भी कंकाल में बदल गया।

उधर मगरेंद्र सर्पांचल के बियाबान पहाड़ पर इच्छाधारी नाग की तलाश में ऊँची-नीची पगडंडी पर आगे बढ़ा जा रहा था।

कुछ ही दूर, एक पेड़ की डाल से दो आँखें उसे लगातार घूर रही थीं। वह एक नाग था। वही इच्छाधारी नाग, जिसकी तलाश में वह यहाँ तक आया था।

नाग भयंकर क्रोध से फुफकार रहा था, "मनुष्य···नफरत है मनुष्यों से मुझे। फुस्स···। एक दिन इन्हीं की जातिवालों ने मुझसे मेरी मादा छीन ली। मैं इसकी जिंदगी छीन लूँगा।"

इच्छाधारी नाग के तीव्र विष से जादुई दंड मोम के जैसे पिघल गया। मगरेंद्र समझ गया कि इतना तीव्र विष किसी इच्छाधारी नाग का ही हो सकता है। नाग अगले वार की तैयारी में था, तभी उसने नागमणि लहरा दी।

नाग बला की तेजी से मगरेंद्र पर झपटा। लेकिन मगरेंद्र की छठी इंद्रिय उसे सावधान कर चुकी थी। उसने अपना जादुई दंड आगे कर दिया।

इच्छाधारी नाग के तीव्र विष से जादुई दंड मोम के जैसे पिघल गया। मगरेंद्र समझ गया कि इतना तीव्र विष किसी इच्छाधारी नाग का ही हो सकता है। नाग अगले वार की तैयारी में था, तभी उसने नागमणि लहरा दी।

"ये नागमणि," नाग की आँखें फैल गईं, "ये तुम्हें कहाँ से मिली मानव?"

"इच्छाधारी नागिन, तुम्हारी पत्नी ने दी है···।" मगरेंद्र सारी बात बताता चला गया।

"ओह! गब्बा-गब्बा ने मेरी पत्नी की सारी शक्तियाँ हर लीं। अब उसे मरना होगा। लो, ये नागदंड ले जाओ। इसके वार से वह तो मरेगा ही, उसकी सारी शक्तियाँ वापस मेरी पत्नी को मिल जाएँगी।"

मगरेंद्र नागदंड लेकर तेजी से सूरजगढ़ की ओर चल पड़ा।

सूरजगढ़ में राजकुमार कनकसिंह उदास, घोड़े पर सवार, मरघट बने अपने नगर में घूम रहा था। यहाँ-वहाँ फैले कंकालों के बीच से घोड़ा मुश्किल से आगे बढ़ पा रहा था। तभी 'क्रांच' की तेज आवाज उसके कानों में पड़ी। काला बाज उसके सिर पर मँडरा रहा था। राजकुमार ने म्यान से तलवार खींच ली, "आज तू मेरे हाथों नहीं बचेगा हत्यारे!"

सूरजगढ़ में राजकुमार कनकसिंह उदास, घोड़े पर सवार, मरघट बने अपने नगर में घूम रहा था। यहाँ-वहाँ फैले कंकालों के बीच से घोड़ा मुश्किल से आगे बढ़ पा रहा था। तभी 'क्रांच' की तेज आवाज उसके कानों में पड़ी। काला बाज उसके सिर पर मँडरा रहा था।

बाज तेजी से उसकी ओर झपटा। राजकुमार ने फुरती से झुककर अपने आपको तो बचा लिया, लेकिन उसकी तलवार बाज को छू गई और तेज लपटों के साथ पिघलकर पल भर में राख बन गई। राजकुमार इसके पहले ही उसे छोड़ चुका था।

काला बाज सँभलकर फिर से झपटा। राजकुमार घोड़े से कूद गया। बाज घोड़े से टकराया और घोड़ा पल भर में कंकाल में बदल गया।

युवराज कनकसिंह को मौत सामने नजर आने लगी। बाज की क्रांच-क्रांच भयानक चिंघाड़ में बदल गई। इस बार वह निश्चित मौत की तरह राजकुमार कनकसिंह की ओर झपटा।

अब कनकसिंह भी समझ चुका था कि मौत निश्चित है, लेकिन इससे पहले कि मौत जिंदगी को निगल पाती, एक तीर से तेज स्वर ने फड़फड़ाते परों में ब्रेक लगा दिए, "ठहरो गब्बा-गब्बा!"

"यहाँ मेरा नाम कौन जानता है?" गब्बा-गब्बा बने काले बाज की आँखें हैरत से सिकुड़ गईं, मानो ताजमहल और लाल किले को बाँहों में बाँहे डालते देख लिया हो!

नागदंड सीधा काले बाज को बीच से चीरते हुए पार निकल गया। बाज धड़ाम से जमीन पर आ गिरा और गब्बा-गब्बा अपने असली रूप में आ गया। उसकी सारी शक्तियाँ वापस इच्छाधारी नागिन को मिल गईं।

"तुम्हारा खेल खत्म हुआ चाहता है, गब्बा-गब्बा।" वह मगरेंद्र था।

"मुझे ललकारता है। अभी खबर लेता हूँ तेरी।" खूनी स्वर में बोलते हुए बाज बना गब्बा-गब्बा मगरेंद्र पर झपटा। तभी मगरेंद्र ने नागदंड सीधे उसकी ओर तान दिया।

नागदंड सीधा काले बाज को बीच से चीरते हुए पार निकल गया। बाज धड़ाम से जमीन पर आ गिरा और गब्बा-गब्बा अपने असली रूप में आ गया। उसकी सारी शक्तियाँ वापस इच्छाधारी नागिन को मिल गईं। नागिन वापस अपने नाग के पास चली गई और छटपटाते गब्बा-गब्बा ने 'चंद्रमणि बहन, तेरा प्रतिशोध मैंने ले लिया' कहते हुए प्राण त्याग दिए।

राजकुमार कनकसिंह हतप्रभ खड़ा था, "ये सब क्या था मगरेंद्र?"

"ये चंद्रमणि का भाई गब्बा-गब्बा था युवराज। सूरजगढ़ में अपमानित होकर चंद्रमणि ने अपनी जान दे दी।" मगरेंद्र ने सारी घटना बताई।

कनकसिंह आत्मग्लानि से भर उठा, "मगरेंद्र, मेरे कारण यह सब हुआ। न मैं चंद्रमणि को चुनता, न यह सब होता। मुझे जीने का कोई हक नहीं है।"

"नियति को कोई नहीं टाल सकता राजकुमार," मगरेंद्र बोला, "सूरजगढ़ को फिर से बसाओ। जान देने से तुम्हारी आत्मा का बोझ कम नहीं होगा।"

बात कनकसिंह की समझ में आ गई। वह दृढ़ शब्दों में बोला, "मैं शपथ लेता हूँ मगरेंद्र, मेरे राज्य में सभी के साथ बराबरी का व्यवहार होगा, ताकि आगे फिर से किसी गब्बा-गब्बा को खूनी बाज न बनना पड़े।"

बात कनकसिंह की समझ में आ गई। वह दृढ़ शब्दों में बोला, "मैं शपथ लेता हूँ मगरेंद्र, मेरे राज्य में सभी के साथ बराबरी का व्यवहार होगा, ताकि आगे फिर से किसी गब्बा-गब्बा को खूनी बाज न बनना पड़े।"

"शाबाश! मुझे तुम्हारी काबिलीयत पर पूरा भरोसा है कनकसिंह।" मगरेंद्र ने उसका उत्साह बढ़ाया।

कनकसिंह मजबूत कदमों से महल की ओर चल पड़ा। उसे राज्य को नए सिरे से बसाने की योजना पर काम करना था।

□

घघेरिया

कंकड़पुर के राजा मकड़सिंह का दरबार सजा हुआ था, तभी उसका महामंत्री लँगोटफाड़ दौड़ा-दौड़ा आ पहुँचा, "महाराज की जय हो।"

"क्यों पागल कुत्ते की तरह हाँफ रहे हो महामंत्री लँगोटफाड़?" राजा मकड़सिंह विनोदपूर्ण स्वर में बोला, "और इस लंबू को कहाँ से पकड़ लाए?"

"महाराज, इनका नाम मरकट है। ये घघेरिया के राजदूत हैं।"

"मरकट और घघेरिया! अच्छे नाम हैं।" मकड़सिंह चुटकी लेते हुए बोला, "काम बोलो मरकट? क्यों आए हो यहाँ?"

"महाराज," लंबू मरकट ने एक पत्र निकालते हुए कहा, "पिशाचलोक के राजा घघेरिया ने आपके लिए यह पत्र भिजवाया है।"

"हुम्म, शिक्षामंत्री अनपढ़सिंह, पत्र पढ़कर सुनाओ। कंकड़पुर में शिक्षामंत्री अनपढ़सिंह ही एकमात्र व्यक्ति था, जो पढ़ा-लिखा था, बाकी सब उसके नाम के समान अनपढ़ थे। वह ऊँची आवाज में पत्र पढ़ने लगा, "महाराज मकड़सिंह को घघेरिया का सादर अभिवादन। महोदय, पिशाचलोक में आयोजित ओलंपिक में अपने खिलाड़ी भेजकर मेडलों की शानदार लूट का लाभ उठाएँ। धन्यवाद।"

"आहा!" मकड़सिंह अपनी बत्तीसी दिखाता हुआ बोला, "इस अवसर को हम हाथ से नहीं जाने देंगे।"

मकड़सिंह ने अपने एक युवा मंत्री की ओर देखते हुए कहा, "चौरंगी, पिछले साल भूतलोक में तुमने सात स्टोन मेडल जीते थे। इस बार भी हमारे खिलाड़ियों का नेतृत्व तुम्हीं करोगे। पिशाचलोक पाने की तैयारी करो चौरंगी।"

"लेकिन महाराज पिछले ओलंपिक में मेरी एक टाँग टूट गई, जो आज भी दर्द करती है। आह···।"

"यह हमारे देश की प्रतिष्ठा का सवाल है चौरंगी," उसे हड़काते हुए मकड़सिंह बोला, "टाँग टूटे या सिर, तुम्हें जाना होगा। यह हमारा आदेश है।"

मकड़सिंह ने अपने एक युवा मंत्री की ओर देखते हुए कहा, "चौरंगी, पिछले साल भूतलोक में तुमने सात स्टोन मेडल जीते थे। इस बार भी हमारे खिलाड़ियों का नेतृत्व तुम्हीं करोगे। पिशाचलोक पाने की तैयारी करो चौरंगी।"

चौरंगी राजा मकड़सिंह का मुँहलगा मंत्री था। वह मजाकिया तबीयत का मालिक था। एक बार राजा मकड़सिंह और चौरंगी ने अपने इष्टदेव ककड़देवता की अखंड पूजा-अर्चना की। तब उन्होंने खुश होकर उन्हें ऐसा वरदान दिया कि जिससे वे दोनों सोचते ही मनचाहे स्थान पर पहुँच सकते थे, लेकिन मजे की बात यह थी कि अपनी इस शक्ति से वे दोनों ही अनजान थे और इसके कारण उनके जीवन में मजेदार घटनाएँ घटती रहती थीं।

अब स्थिति यह थी कि चौरंगी को पिशाचलोक जाना था और वह राजा को इनकार नहीं कर सकता था। वह मरकट पर गुर्राते हुए मन-ही-मन बडबड़ाया, 'काश! मैं घघेरिया के सामने होता तो उसका गला दबा

देता। उसी के कारण···।'

इतना सोचना था कि वह पिशाचलोक में पहुँच गया और सचमुच घघेरिया का गला दबाने लगा।

घघेरिया पिशाचलोक का राजा था और सचमुच पिशाच की तरह नजर आता था। लंबा-ऊँचा कद, भारी-भरकम, काला-स्याह रंग, गंजा और तरबूजाकार सिर। घघेरिया का गला दबाते हुए चौरंगी को लगा, मानो वह यह सबकुछ सपने में कर रहा था। उधर घघेरिया भी यही सोच रहा था कि सपने में कोई उसकी गरदन दबा रहा था।

घघेरिया पिशाचलोक का राजा था और सचमुच पिशाच की तरह नजर आता था। लंबा-ऊँचा कद, भारी-भरकम, काला-स्याह रंग, गंजा और तरबूजाकार सिर। घघेरिया का गला दबाते हुए चौरंगी को लगा, मानो वह यह सबकुछ सपने में कर रहा था।

एकाएक उसकी नींद टूटी। चौरंगी को अपना गला दबाते देख वह मारे गुस्से से पागल हो उठा। उसने चौरंगी को जोर का धक्का दिया। चौरंगी मिमिया उठा, "यह मैं कहाँ आ गया और तुम कौन हो?"

"मैं घघेरिया···पिशाचलोक का राजा।"

"अरे बाप रे! यानी मैं पिशाचलोक में हूँ।"

"हाँ, सैनिको! ले जाओ इसे और डाल दो अँधेरी गुफा में। इसकी किस्मत का फैसला कल हम दरबार में करेंगे।"

चौरंगी को ले जाकर ऊपर से नीचे की ओर धक्का दे दिया गया। वह धड़ाम से नमीयुक्त जमीन पर गिरा। उसकी सारी हड्डियाँ कड़कड़ा उठीं। वह बड़ी मुश्किल से उठकर बैठा और जब उसकी आँखें अँधेरे

में देखने की अभ्यस्त हो गईं तो वह धीरे-धीरे गुफा में, जहाँ रास्ता जाता दिख रहा था, उस ओर चलने लगा।

कुछ दूर उसे किसी की कराह सुनाई दी। वह नजदीक पहुँचा तो डर से सिहर उठा। सामने राक्षस की शक्ल-सूरत का एक आदमी बैठा था। उसके सिर पर एक बड़ा सा सींग था, दाँत नुकीले और बड़े-बड़े, हाथ-पाँव में बड़े पैने नाखून और पूरे शरीर पर काँटे जैसे तीखे बाल।

डर से थरथराता चौरंगी पलटा ही था कि वह राक्षस बोल पड़ा, "घबराओ मत, मैं तुम्हें कोई नुकसान नहीं पहुँचा सकता—देखो।"

"ओह हाँ, तुम तो जंजीरों से बँधे हो।"

"हाँ, लेकिन मैं तुम्हें यहाँ से आजाद करवा सकता हूँ।"

"वाह! तुम तो बड़े काम के आदमी हो।"

कुछ दूर उसे किसी की कराह सुनाई दी। वह नजदीक पहुँचा तो डर से सिहर उठा। सामने राक्षस की शक्ल-सूरत का एक आदमी बैठा था। उसके सिर पर एक बड़ा सा सींग था, दाँत नुकीले और बड़े-बड़े, हाथ-पाँव में बड़े पैने नाखून और पूरे शरीर पर काँटे जैसे तीखे बाल।

"चिल्लबिल्ला। यही नाम है मेरा," उसने मुँह से एक अँगूठी गिराते हुए कहा, "यह जादुई अँगूठी उठा लो। इसे तुम जिसको भी छुआ दोगे, वही तुम्हारा गुलाम बन जाएगा।"

"बढ़िया, लेकिन घघेरिया ने तुम्हें कैद क्यों दिया, चिल्लबिल्ला?" चौरंगी ने अपना नाम बताते हुए कहा।

"मैं जादूलोक का राजा था···।" चिल्लबिल्ला अपनी कहानी बताने

लगा, "एक दिन मैं अपने दरबार में बैठा था, तभी एक सैनिक घबराते हुए आया और···।"

'गजब हो गया महाराज! पिशाचलोक के राजा घघेरिया ने हमारे राज पर हमला कर दिया।'

'ओह! हमारा रथ तैयार करो सैनिको! हम खुद युद्ध के मैदान में जाकर उससे लोहा लेंगे।'

थोड़ी देर बाद पिशाचलोक ने राजा घघेरिया और जादूलोक के राजा चिल्लबिल्ला के बीच घमासान छिड़ा हुआ था। चिल्लबिल्ला की छह फीट लंबी दुधारी तलवार बिजली की गति से घूम-घूमकर दुश्मन सैनिकों का खात्मा कर रही थी। और अब चिल्लबिल्ला ठीक घघेरिया के सामने खड़ा था, 'घघेरिया, मैं तुझे हर बार माफ करता रहा, लेकिन इस बार तू यहाँ से जिंदा वापस नहीं···।'

थोड़ी देर बाद पिशाचलोक ने राजा घघेरिया और जादूलोक के राजा चिल्लबिल्ला के बीच घमासान छिड़ा हुआ था। चिल्लबिल्ला की छह फीट लंबी दुधारी तलवार बिजली की गति से घूम-घूमकर दुश्मन सैनिकों का खात्मा कर रही थी। और अब चिल्लबिल्ला ठीक घघेरिया के सामने खड़ा था, 'घघेरिया, मैं तुझे हर बार माफ करता रहा, लेकिन इस बार तू यहाँ से जिंदा वापस नहीं···।'

चिल्लबिल्ला की बात को बीच में ही काटकर घघेरिया चीखा, 'आज तेरा जादू नहीं चलेगा चिल्लबिल्ला। मैं पूरी तैयारी के साथ आया हूँ।'

इसके बाद फुरती से अपने तीखे भाले से घघेरिया ने चिल्लबिल्ला के घोड़े को मार दिया और उसे सँभलने का मौका दिए बगैर उसकी तलवार को तीखी हड्डियों से बने अपने नुकीले मुगदर से तोड़ दिया। इसके

बाद चारों ओर से दुश्मनों से घिरे चिल्लबिल्ला को गिरफ्तार कर दिया गया। घघेरिया गगनभेदी अट्टहास करते हुए चिल्लाया, 'चिल्लबिला तेरी सारी जादुई शक्तियों और संपत्ति पर अब मेरा अधिकार है। सैनिको, इसे ले जाकर अँधेरी गुफा में डाल दो।'

"बस मैं तब से यहाँ हूँ," चिल्लबिल्ला अपनी कहानी खत्म करते हुए बोला, "पता नहीं कितना समय बीत गया। लेकिन मैंने घघेरिया से हिसाब चुकता करने की कसम खाई थी। आज वह दिन आ गया।"

इसके बाद फुरती से अपने तीखे भाले से घघेरिया ने चिल्लबिल्ला के घोड़े को मार दिया और उसे सँभलने का मौका दिए बगैर उसकी तलवार को तीखी हड्डियों से बने अपने नुकीले मुगदर से तोड़ दिया। इसके बाद चारों ओर से दुश्मनों से घिरे चिल्लबिल्ला को गिरफ्तार कर दिया गया।

"मैं अभी तुम्हारे बंधन खोलता हूँ, चिल्लबिल्ला।"

"नहीं चौरंगी," चिल्लबिल्ला चीखा, "मुझे मत छूना, वरना भस्म हो जाओगे। मैं घघेरिया की जादुई किरणों में जकड़ा हुआ हूँ।"

"ओह अच्छा! मैं उस दुष्ट को जिंदा नहीं छोड़ूँगा।"

तभी कुछ आहट हुई। चौरंगी झट एक ओर बैठ गया। दो सैनिक आए थे। एक बोला, "चलो घुसपैठिए, तुम्हें महाराज ने बुलाया है।"

चौरंगी ने चलते-चलते धीरे से दोनों सैनिकों को अँगूठी छुआ दी। फौरन दोनों सैनिक गिड़गिड़ाने लगे, "स्वामी, हम आपके गुलाम हैं। हमारे लिए क्या आदेश है ?"

"चलो मुरगा बन जाओ और कुकुड़ू कू बोलो।"

दोनों चौरंगी के आदेश का पालन करने लगे और वह तेजी से उस

रास्ते की ओर बढ़ने लगा, जहाँ से वे दोनों सैनिक अंदर आए थे। वह बड़बड़ा रहा था, "घघेरिया, तेरी ढीली करूँगा मैं घघरिया।"

ठीक इसी वक्त पिशाचलोक के ओलंपिक स्टेडियम में ओलंपिक खेल चल रहे थे। पिशाचलोक का राष्ट्रीय मल्ल हड्डीतोड़ दूसरे देशों के कई मल्लों को धूल चटा चुका था। लोग उसकी वाहवाही कर रहे थे। आखिरी मल्ल को पछाड़कर वह चिल्लाया, "और कोई माई का लाल है, जो हड्डीतोड़ से कुश्ती लड़ सके? हा-हा-हा, कोई नहीं···।"

ठीक इसी वक्त पिशाचलोक के ओलंपिक स्टेडियम में ओलंपिक खेल चल रहे थे। पिशाचलोक का राष्ट्रीय मल्ल हड्डीतोड़ दूसरे देशों के कई मल्लों को धूल चटा चुका था। लोग उसकी वाहवाही कर रहे थे।

"ठहरो!" तभी एक आवाज पिघले शीशे की तरह उसके कानों में पड़ी।

भीड़ से कई आवाजें उठीं।

"यह पिद्‌दी लड़ेगा हड्डीतोड़ से!"

"बेचारा बेमौत मारा जाएगा।"

"च-च-च हड्डीतोड़ की फूँक से ही उड़ जाएगा मच्छर।"

एक गधा बोला, "ढेंचू-ढेंचू, बेचारा मेरी तरह गधा है।"

लेकिन वह शख्स सबसे बेखबर अपना छह इंची सीना ताने हड्डीतोड़ के सामने खड़ा था। दोनों ऐसे थे, जैसे शेर के सामने चूहा या बाज के सामने मच्छर!

उसे देख हड्डीतोड़ हँसी उड़ाते हुए बोला, "भाग जा चूहे, वरना बेमौत मारा जाएगा।"

"हड्डीतोड़! तेरी हड्डियों का सुरमा बनाकर तेरी आँखों में न डाला तो मेरा नाम चौरंगी पहलवान नहीं।" जी हाँ, वह चौरंगी ही था।

चौरंगी की बात सुनकर हड्डीतोड़ का गुस्सा सातवाँ आसमान छूने लगा। उसने चौरंगी को तीन-चार तगड़ी पटखनियाँ दीं, जिससे चौरंगी की सारी हड्डियाँ चरमरा उठीं। लेकिन इसी बीच उसने जादुई अँगूठी हड्डीतोड़ को छुआ दी।

जादुई अँगूठी का स्पर्श होते ही हड्डीतोड़ जीभ से चौरंगी के तलवे चाटने लगा, "स्वामी, मैंने आपको मारा, मुझे मारो स्वामी, खूब मारो।"

"अभी तेरी तमन्ना पूरी करता हूँ बेटे!" इसके बाद चौरंगी ने हड्डीतोड़ की तबीयत से धुलाई की। स्टेडियम उसकी जय-जयकार से गूँजने लगा।

चौरंगी की बात सुनकर हड्डीतोड़ का गुस्सा सातवाँ आसमान छूने लगा। उसने चौरंगी को तीन-चार तगड़ी पटखनियाँ दीं, जिससे चौरंगी की सारी हड्डियाँ चरमरा उठीं। लेकिन इसी बीच उसने जादुई अँगूठी हड्डीतोड़ को छुआ दी।

तभी दो सैनिकों ने चौरंगी को घेर लिया, "घुसपैठिए, तूने कल हमारे महाराज की जान लेने की कोशिश की थी। आज हमारे राष्ट्रीय पहलवान को हरा दिया। चल महाराज के पास।"

दोनों चौरंगी को राजदरबार में ले आए, "महाराज, यह अपराधी अँधेरी गुफा से फरार होने की कोशिश कर रहा था।"

"अच्छा, क्या नाम है कैदी तुम्हारा?"

"चौरंगी।"

"अब बचेगी तेरी सारंगी।" लेकिन घघेरिया कोई सजा दे पाता, उसके पहले ही दरबार में एक सैनिक दौड़ा-दौड़ा घुसा, "महाराज की जय हो! महागुरु घंटघंटा महल में पधार रहे हैं।"

"क्या सच? सैनिको, कैदी चौरंगी को महल में किसी काम पर लगा दो। इसकी सजा का फैसला हम बाद में करेंगे।" इसके बाद घघेरिया नंगे पैर बाहर की ओर भागा।

उधर घंटघंटा शान से महल की ओर अपना घंटा बजाते हुए बढ़ रहा था। उसने गेरुए कपड़े पहन रखे थे। चेहरे पर बड़ी दाड़ी-मूँछें थीं। सिर गंजा था। पैरों में जानवरों की खोपड़ियों के जूते पहन रखे थे। हाथ में एक बड़ा घंटा था, जिसे वह लगातार बजा रहा था। सड़क के दोनों ओर खड़े लोग उसकी जय-जयकार कर रहे थे।

उधर घंटघंटा शान से महल की ओर अपना घंटा बजाते हुए बढ़ रहा था। उसने गेरुए कपड़े पहन रखे थे। चेहरे पर बड़ी दाड़ी-मूँछें थीं। सिर गंजा था। पैरों में जानवरों की खोपड़ियों के जूते पहन रखे थे। हाथ में एक बड़ा घंटा था, जिसे वह लगातार बजा रहा था। सड़क के दोनों ओर खड़े लोग उसकी जय-जयकार कर रहे थे।

महल के प्रवेश द्वार पर आगे बढ़कर घघेरिया ने उसका स्वागत किया और उसके चरण छुए। घंटघंटा ने अपना घंटा उसके सिर पर जोर से बजाते हुए कहा, "तुम्हारे नाम का घंटा बजता रहे प्यारे घघेरिया, हमारा आशीर्वाद है।"

महल के अंदर एक नरम बिस्तर पर अपना आसन जमाकर घंटघंटा बोला, "बड़ी जोर की भूख लगी है घघेरिया, भोजन का इंतजाम करो।"

एक सैनिक ने कहा, "महाराज, शाही खानसामा छुट्टी पर है। उसकी जगह कैदी चौरंगी को काम पर लगाया गया है। वह अच्छा खाना बनाना जानता है।"

"उससे कहो, घोड़े के तले खुर लेकर आए। महागुरु को बहुत पसंद हैं।"

थोड़ी देर बाद महागुरु घंटघंटा कचड़-कचड़ तले खुर चबा रहा था, "बड़ा सुघड़ रसोइया है। स्वादिष्ट खाना बनाता है। चल, पैर दबा।"

चौरंगी को अँगूठी छुआने का मौका मिलते-मिलते रह गया। घघेरिया ने उसे रोकते हुए कहा, "पहले रसोईघर का सारा काम खत्म करके आ, फिर गुरुदेव के पैर दबा।"

थोड़ी देर बाद महागुरु घंटघंटा कचड़-कचड़ तले खुर चबा रहा था, "बड़ा सुघड़ रसोइया है। स्वादिष्ट खाना बनाता है। चल, पैर दबा।"

चौरंगी को अँगूठी छुआने का मौका मिलते-मिलते रह गया। घघेरिया ने उसे रोकते हुए कहा, "पहले रसोईघर का सारा काम खत्म करके आ, फिर गुरुदेव के पैर दबा।"

उधर कंकड़पुर में चौरंगी के लिए परेशान महाराज मकड़सिंह को जब उसके जासूसों ने खबर दी कि चौरंगी पिशाचलोक की कैद में है तो मकड़सिंह ने भारी फौज के साथ पिशाचलोक पर हमला कर दिया।

खबर घघेरिया तक पहुँची, "क्या, मकड़सिंह ने हमला कर दिया? लेकिन हमारी तो उससे कोई दुश्मनी नहीं। हमने तो उन्हें ओलंपिक में भी न्योता दिया था।"

"उनका आरोप है महाराज कि आपने उनके एक मंत्री चौरंगी को निरपराध बंदी बना लिया है।" एक सैनिक बोला।

"चौरंगी उसका मंत्री है," घघेरिया चौंक उठा, "फिर उसने हमारी जान लेने की कोशिश क्यों की? लगता है, मकड़सिंह हमारा राज हड़पने की साजिश रच रहा है!"

"क्या हुआ घघेरिया?" महागुरु घंटघंटा बीच में टपका, "कौन

साजिश रच रहा है तुम्हारे खिलाफ? हम उसका घंटे से घंटा बजा देंगे।"

दोनों मकड़सिंह से टकराने की रणनीति बनाने लगे। उधर पिशाचलोक की शाही सेना मकड़सिंह की सेना के आगे पस्त पड़ती जा रही थी। तभी पिशाची शक्तियों से लैस घघेरिया और घंटघंटा ने मकड़सिंह की सेना में कोहराम मचा दिया। उनके शस्त्रों से निकली बिजली की लपटों ने हजारों सैनिकों को मौत की नींद सुला दिया।

दोनों मकड़सिंह से टकराने की रणनीति बनाने लगे। उधर पिशाचलोक की शाही सेना मकड़सिंह की सेना के आगे पस्त पड़ती जा रही थी। तभी पिशाची शक्तियों से लैस घघेरिया और घंटघंटा ने मकड़सिंह की सेना में कोहराम मचा दिया। उनके शस्त्रों से निकली बिजली की लपटों ने हजारों सैनिकों को मौत की नींद सुला दिया।

घंटघंटा ने अपने घंटे से मकड़सिंह के सिर पर निर्णायक वार करके युद्ध समाप्त कर दिया। राजा मकड़सिंह को भी बंदी बना लिया गया। अगले दिन सुबह चौरंगी और मकड़सिंह को फाँसी पर चढ़ाने का हुक्म सुना दिया गया। दोनों दरबार में घघेरिया के सामने कैदी के रूप में खड़े थे।

घघेरिया ने दोनों से उनकी आखिरी इच्छा पूरी। मकड़सिंह ने 'ना' में सिर हिला दिया। चौरंगी ने घघेरिया के पैर छूने की इच्छा व्यक्त की। घघेरिया ने आज्ञा दे दी। चौरंगी ने मौका मिलते ही अपने मुँह में छिपी अँगूठी निकालकर घघेरिया को छुआ दी। अगले ही पल घघेरिया उसका गुलाम बन गया।

घघेरिया हाथ जोड़कर झुकते हुए बोला, "स्वामी, मैंने आपको बहुत कष्ट दिए। मुझे माफ कर दीजिए।"

चौरंगी उसे लेकर अँधेरी गुफा में चिल्लबिल्ला के पास आया। उसे

देखते ही चिल्लबिल्ला दहाड़ उठा, "तेरी मौत ही मेरी सारी शक्तियाँ लौटा सकती है घघेरिया।"

इतना कहते हुए उसने अपना सींग घघेरिया की छाती में भोंक दिया। घघेरिया पल भर में ही मर गया। चिल्लबिल्ला कैद से आजाद हो गया। चौरंगी ने वहाँ की सत्ता उसे सौंप दी। चिल्लबिल्ला ने अपनी जादुई शक्ति से मकड़सिंह की सारी सेना को फिर से जीवित कर दिया।

मकड़सिंह अचंभे में डूबा सब देख रहा था। दोनों जब अपने राज्य कंकड़पुर की ओर खाना हुए तो रास्ते में सारी कहानी सुनाकर चौरंगी ने उसकी जिज्ञासा शांत कर दी।

□

सुआन का गुडलक

एक बार की बात है, एक महिला का इकलौता पुत्र था, उसका नाम सुआन था। सुआन बहुत बुद्धिमान लड़का था। उसकी माँ ने उसका दाखिला स्कूल में करा दिया, पर स्कूल जाने की बजाय वह सड़क किनारे पेड़ पर चढ़ा रहता था। जैसे ही उसकी माँ बाजार से गुजरती, वह अपनी माँ को देखता और उनसे पहले घर पहुँच जाता। माँ के घर पहुँचते ही उससे कहता, "माँ, मुझे पता है, आज आपने बाजार से क्या-क्या खरीदा है।" फिर माँ को एक-एक सामान बता देता। वह इसी प्रकार रोज करता, जिसके कारण उसकी माँ समझने लगी कि उसके पास ईश्वरीय दिव्य शक्ति है।

एक दिन राजा की बेटी की कीमती अँगूठी कहीं खो गई। राजा ने अँगूठी ढूँढ़ने वाले को बतौर इनाम अपनी बेटी का हाथ देने की घोषणा कर दी। सुआन की माँ ने इस प्रस्ताव के बारे में सुना और राजा के आगे सुआन को पेश कर दिया। सुआन ने कहा, "मैं अँगूठी ढूँढ़ दूँगा, अगर मुझे आज रात के लिए आपके सैनिक सौंप दिए जाएँ।

राजा ने कहा, "तुम जो चाहते हो, तुम्हें मिलेगा।" उस रात सुआन ने सैनिकों को कतार में खड़े होने का आदेश दिया। जब सब कतार में थे, सुआन ने एक-एक की तरफ उँगली उठाते हुए कहा, "अगूँठी यहीं है

और कहीं नहीं।" यह कहने से दोषी सिपाही पीला पड़ गया और काँपने लगा। सुआन ने कहा, "मुझे पता है, वह कौन है।" और उन सबको जाने को कहा।

देर रात को वह सिपाही सुआन के पास आया और कहा, "मैं अँगूठी लौटा दूँगा, अगर आप मेरी सुरक्षा का वादा करेंगे।"

सुआन ने कहा, "अँगूठी मुझे दे दो, तुम सुरक्षित रहोगे।"

अगली सुबह राजा ने जब पूछा कि अँगूठी कहाँ है तो सुआन ने एक टरकी पेश किया और कहा, "अँगूठी उसके पेट में है।" टरकी को काटकर अँगूठी निकाल ली गई।

राजा ने सुआन ने कहा, "बहुत अच्छे सुआन। अब तुम मेरी बेटी से विवाह कर सकते हो।" सुआन राजकुमारी का पति बन गया।

अगली सुबह राजा ने जब पूछा कि अँगूठी कहाँ है तो सुआन ने एक टरकी पेश किया और कहा, "अँगूठी उसके पेट में है।" टरकी को काटकर अँगूठी निकाल ली गई।

राजा ने सुआन ने कहा, "बहुत अच्छे सुआन। अब तुम मेरी बेटी से विवाह कर सकते हो।" सुआन राजकुमारी का पति बन गया।

एक दिन राजा ने शर्त रखी कि कोई सुआन की कला को चुनौती देकर दिखाएं। एक और राजा आया। उसने सोने के सात बक्सों का प्रस्ताव रखा और कहा कि सुआन उसके संतरे में कितने बीज हैं, यह नहीं बता सकता। आधी रात को सुआन ने उसी राजा की बातें सुन लीं और उसे बीजों की संख्या का ज्ञान हो गया।

अगली सुबह उसने बहुत विश्वास के साथ कहा, "मैं बताता हूँ, आपके संतरे में नौ बीज हैं।" और वह पूरा खजाना जीत गया।

अपने नुकसान को पूरा करने के लिए इस बार उस राजा ने चौदह बक्सों का प्रस्ताव रखा और कहा, "बताओ मेरी सोने की गेंद में क्या है?" सुआन ने आधी रात फिर निगरानी करके गुप्त तरीके से जानने की कोशिश की, परंतु उसे कुछ पता नहीं लगा।

अगली सुबह राजा द्वारा गेंद में क्या है, पूछे जाने पर उसने घृणापूर्वक कहा नॉन सेंस।

एक आदमी चिल्लाया, "एकदम सही, एकदम सही। गेंद में नौ सेंट्स ही हैं।" इस प्रकार वह चौदह खजाने के बक्से भी जीत गया और अब उसकी योग्यता पर कोई संदेह नहीं करता।

□

डपोर शंख

एक बाबाजी थे। वे बड़ी-बड़ी बातें बनाते थे। उनकी खूबी थी कि कोई कुछ पूछता तो बड़े-बड़े उपाय बताते, लेकिन उनसे कोई हल नहीं निकलता था। लोग उनकी इस आदत से बड़े परेशान थे।

एक बार बाबाजी एक जंगल से गुजर रहे थे। रास्ते में उन्हें एक शंख पड़ा मिला। उन्होंने शंख उठा लिया। घर आकर उसे गंगाजल से धो-पोंछकर उसकी पूजा की और उसे जोर से बजाया। शंख से आवाज आई, "सुखी रह बचवा। जो मन में हो, माँग ले।"

एक बार बाबाजी एक जंगल से गुजर रहे थे। रास्ते में उन्हें एक शंख पड़ा मिला। उन्होंने शंख उठा लिया। घर आकर उसे गंगाजल से धो-पोंछकर उसकी पूजा की और उसे जोर से बजाया। शंख से आवाज आई, "सुखी रह बचवा। जो मन में हो, माँग ले।"

बाबाजी को तब बड़ी भूख लग रही थी। उन्होंने शंख को प्रणाम किया और बोले, "मुझे बड़ी तेज भूख लगी है। खूब बढ़िया भोजन कराओ।"

बाबाजी की प्रार्थना सुनकर शंख बोला, "लड्डू खा, पूड़ी खा, इमरती खा, जलेबी खा, बर्फी खा, पेड़ा खा।"

बाबाजी खुश होकर बोले, "बस, बस। पहले इतना ही दे दो।" बाबाजी इंतजार करने लगे, लेकिन कुछ नहीं आया। बाबाजी ने फिर शंख से प्रार्थना की। शंख ने फिर लंबी-चौड़ी बात हाँक दी, लेकिन कुछ आया नहीं।

बाबाजी समझ गए कि वह शंख भी उन्हीं की तरह लंबी-चौड़ी हाँकने वाला है, जिसका कोई मतलब नहीं है, उन्हीं की तरह डपोर शंख।

□

अतिथि-सत्कार

एक आदमी खुद को किसी शहंशाह से कम नहीं समझता था, लेकिन था बेहद कंजूस-मक्खीचूस। जब भी उसके यहाँ कोई मेहमान आता, कोई-न-कोई बहाना करके उसे टरका देता।

एक दिन उसका बचपन का एक पक्का दोस्त उसके घर आया। उसने उसे प्यार से बैठक में बिठाया, उसकी कुशल-क्षेम पूछी और दोनों देर रात तक बचपन के किस्से कहते-सुनते रहे। बहुत रात हो गई तो खाने की बात टालकर उसने अपने दोस्त को भूखा ही सुला दिया।

भोर को दोनों उठे और फिर बातों में डूब गए। थोड़ी देर बाद शहंशाह दोस्त ने दूसरे से कहा, "आज एकादशी है। हम सबका तो उपवास है। कल दिन का बासी तुम्हें खाने को देंगे नहीं, तुम्हारी तबीयत खराब हो जाएगी और घर में आज कुछ बनेगा नहीं। तुम एक काम करो, घर से निकलो, अगले मोड़ पर बंसी हलवाई की दुकान है। वहाँ जाकर भरपेट कचौड़ी-जलेबी खा लो, तुम्हें मेरी कसम।"

□

एक गलती

एक हकीम था। उसका नाम लुकमान था। एक दिन उसने सोचा, मैं सबको जीवन देता हूँ तो मुझे कौन मार सकता है—कोई नहीं। एक दिन उसकी यमदूत से बहस हो गई। हकीम बोला, "तुम मुझे नहीं ले जा सकते। मैं तो दूसरों को जीवन देता हूँ। उनकी जान बचाता हूँ।"

गुस्से में यमदूत बोला, "आज से ठीक आठ दिन बाद तुम्हारी मौत होने वाली है। मैं आकर तुम्हें ले जाऊँगा। तुम सब उपाय कर लो।"

हकीम ने अपना घर खूब सजा लिया। एक कमरे में बारह कुरसियाँ डालीं और आठवें दिन ग्यारह पर हूबहू अपने जैसे पुतले बिठा दिए और बारहवीं पर खुद बैठ गया।

हकीम ने अपना घर खूब सजा लिया। एक कमरे में बारह कुरसियाँ डालीं और आठवें दिन ग्यारह पर हूबहू अपने जैसे पुतले बिठा दिए और बारहवीं पर खुद बैठ गया।

यमदूत उसे लेने आया तो चक्कर में पड़ गया। वह सोचने लगा कि इसे लेकर नहीं गया तो यमराज को मुँह दिखाने लायक नहीं रहूँगा। उसने काफी अक्ल लगाई। तभी उसे एक युक्ति सूझी। वह बोला, "हकीम लुकमान, तुमने अपना घर तो बड़ा अच्छा सजाया है। इसके आगे तो यमराज के महल की

सजावट भी फीकी है। बस एक कमी रह गई है···।"

लुकमान तुरंत बोला, "क्या···?"

यमदूत बोला, "यही गलती।" इतना कहकर उसने उसे दबोच लिया और यमलोक ले गया।

□

सोना माटी

एक राजा था। वह दिन-रात धन इकट्ठा करने के फेर में पड़ा रहता था। प्रजा पर तरह-तरह के टैक्स लगाकर धन ऐंठना, कमजोर राज्यों पर हमला करके अन्न, धन और सोना लूटना उसका काम बन गया था। उसका खजाना सोने-चाँदी से भरा था, लेकिन उसे संतोष नहीं था।

उसके राज्य में एक चर्मकार रहता था। वह रोज दो जोड़ी जूते बनाता था। उनमें से एक जोड़ी जूते बेचकर अपना घर-खर्च चलाता और दूसरी जोड़ी को जरूरतमंद गरीबों, साधु-महात्माओं को दान कर देता था। इसी तरह कभी-कभी वह दोनों जोड़ी जूते दान कर देता और उसका परिवार भूखा सो जाता था।

राजा और चर्मकार एक साथ बुढ़ियाए और एक दिन एक साथ उनकी मृत्यु हो गई। राजा को यमदूत लेने आया। उसने राजा को काँटेदार पाँसे में फँसाया और घसीटकर ले जाने लगा। राजा कराहने लगा। उधर चर्मकार के लिए यमदूत सोने का सिंहासन लेकर आया। चर्मकार बोला, "हमारे राजा को भी सिंहासन पर ले चलो।"

यमदूत बोला, "हमारे यहाँ राजा-प्रजा, ऊँच-नीच, जात-पाँत में कोई भेद नहीं होता। जो जैसा करता है, हम उसे वैसा ही फल देते हैं।

राजा के खजाने में सोना भरा है तो इसका मतलब यह नहीं कि हम उसे सोने के सिंहासन पर बिठाकर ले जाएँ।"

राजा की कराह सुनकर चर्मकार बड़ा दुःखी हुआ। वह बोला, "जब तक राजा मेरे साथ सिंहासन पर बैठकर बैकुंठ नहीं जाएगा, तब तक मैं भी नहीं जाऊँगा।"

यमदूत बोला, "अगर तुम अपने आधे पुण्य राजा को दे दो तो मैं राजा को भी सिंहासन पर बिठा लूँगा।" चर्मकार तैयार हो गया। उसने अपने आधे पुण्य-फल राजा को दे दिए। राजा को भी सिंहासन पर बिठा लिया गया। राजा सोचने लगा, किसी ने ठीक ही कहा है—'करनी भली न हो तो होना भी भारी है।'

□

नेकी और बदी

एक गाँव में दो भाई रहते थे। एक का नाम था नेकी और दूसरे का बदी। एक दिन नेकी घर से नौकरी की तलाश में निकला। वह राजा के यहाँ पहुँचा और काम माँगा। राजा बोला, "मेरी तीन सौ आठ बकरियाँ हैं, उन्हें चराना पड़ेगा। धूप में चराएगा तो एक कटोरी भात मिलेगा और छाया में चराएगा तो एक रोटी। और अगर तू नौकरी छोड़ना चाहेगा तो तेरे नाक-कान कटवा लूँगा, अगर मैं नौकरी से हटाऊँगा तो तू मेरे नाक-कान काट लेना।"

नेकी इस करार पर नौकरी करने लगा। कुछ दिनों बाद वह उस नौकरी से ऊब गया और अपने नाक-कान कटाकर नौकरी छोड़ दी। बदी ने उसकी हालत देखी तो उसे बड़ा दुख हुआ। वह बोला, अब मैं राजा की नौकरी करूँगा।"

वह उन्हीं शर्तों पर राजा के यहाँ नौकरी करने लगा। वह जंगल में बकरियाँ चराता और रोज एक बकरी चुराकर खा जाता। इस तरह वह सारी बकरियाँ खा गया और राजा हाथ मलता रह गया।

□

उपवास

निमाड़ के जंगल में बंदरों का एक झुंड रहता था। उनका एक सरदार था, जो उनकी अच्छी देखभाल करता था। एक दिन सरदार की बीवी ने कहा, "प्राणनाथ, मैं चाहती हूँ कि हमारे झुंड की हिफाजत के लिए हम सभी एक दिन का उपवास करें।"

सरदार ने हामी भर दी और सभी बंदरों को हुक्म दिया कि उस दिन कुछ न खाएँ, जो वैसा नहीं करेगा तो उसे सजा दी जाएगी। उसने कहा कि शाम को उपवास तोड़ने के लिए अभी से भोजन इकट्ठा करने में जुट जाएँ।

सभी बंदर अच्छे भोजन की खोज में चल पड़े। जल्दी ही उन्हें केलों का एक बगीचा नजर आया। उन्होंने वहाँ से मोटे पके केले तोड़े और अपने डेरे पर आ गए। बीच में केलों का ढेर लगा दिया गया और सभी चारों ओर बैठ गए। सब ललचाई नजरों से केलों को देख रहे थे, लेकिन सरदार की बात काटने की हिम्मत किसी में नहीं थी।

तभी एक बंदर बोला, "सरदार, शाम को उपवास तोड़ते समय केले बाँटने में समय बेकार जाएगा तो क्यों न केले अभी बाँट दिए

जाएँ?" सरदार को सुझाव अच्छा लगा। सबको बराबर-बराबर केले बाँट दिए गए। अब केले सबके सामने रखे थे। उनकी खुशबू और चमक उन्हें बेहाल कर रही थी।

एक बंदर बोला, "सरदार, शाम को उपवास तोड़ते समय केले छीलने में समय बेकार होगा तो क्यों न हम हाथ में एक-एक केला छीलकर पकड़ लें।" सरदार को सुझाव अच्छा लगा। सबने छिला केला अपने हाथ में पकड़ लिया। अब लार को काबू में रखना और मुश्किल हो गया।

एक बच्चा बंदर बोला, "सरदार, उपवास तोड़ते समय केले को मुँह में डालने में समय खराब होगा। मैं केले को मुँह में रखना चाहता हूँ। मैं वादा करता हूँ चबाऊँगा नहीं।" सरदार को यह सुझाव भी अच्छा लगा। सबके केले मुँह में पहुँच गए और धीरे-धीरे छिलते हुए सारे केले उनके मुँह और वहाँ से पेट में पहुँच गए। उन्हें उपवास का पुण्य मिला हो या न मिला हो, पेट भरने की खुशी जरूर मिल गई।

□

भेद

नर्मदा के किनारे बसे एक गाँव में धनीराम नाम का एक किसान रहता था। एक दिन खेत जोतते समय अचानक उसका हल जमीन में किसी सख्त चीज से टकराया। उसने मिट्टी हटाकर देखा तो उसकी आँखों में चमक आ गई। वहाँ सोने के सिक्कों से भरा एक मटका गड़ा था। वह तेजी से मटका निकालने लगा, लेकिन एकाएक ठहर गया। उसने सोचा कि 'मटका घर ले गया तो मेरी बातूनी बीवी पूरे गाँव में खबर पहुँचा देगी और राजा मेरा खजाना मुझसे छीन लेगा। मुझे पहले अपनी बीवी को परखना चाहिए कि क्या वह कोई भेद छिपा सकती है।'

उसने मटका वहीं गाड़ दिया और शाम को घर पहुँचा तो बीवी से बोला, "तुम्हें पता है, हमारे राजा के पेट में एक कछुआ है। देखो, यह बात किसी को मत बताना।"

किसान की बीवी बातूनी अचंभे से भर गई और बोली कि वह बात किसी को नहीं बताएगी। लेकिन पति को खाना खिलाकर वह पड़ोसन के पास बैठने गई और कछुए वाली पूरी बात उगल दी। पड़ोसन ने अपनी सखी को बताया और फैलते-फैलते बात राजा तक पहुँच गई।

राजा भद्रबाहु बेचैन हो गया कि मेरे पेट में कछुआ और मुझे ही नहीं मालूम। उसने एक दरबारी को काम पर लगा दिया कि गप उड़ानेवाले

को पकड़ लाए। दरबारी रसोइए से धोबी, पनिहारिन, लखेरे, ठठेरे से होते हुए आखिर किसान तक जा पहुँचा।

किसान को दरबार में लाया गया। राजा ने डपटा, "सच-सच बताओ, यह गप तुमने क्यों उड़ाई, वरना तुम्हारा सिर कटवा दूँगा ?"

किसान सफेद पड़ गया। बोला, "महाराज गप मैंने नहीं, मेरी बीवी ने उड़ाई है। मैं तो उसे परखना चाहता था कि वह कोई भेद अपने तक छिपाकर रख सकती है या नहीं।"

"लेकिन तुमने ऐसा क्यों किया ?"

"महाराज, मैं उसे परखना चाहता था कि खेत में छिपा खजाना घर लाया तो इस बात को वह छिपा लेगी कि नहीं।"

राजा के कहने पर किसान उसे अपने खेत पर ले गया और सोने से भरा मटका दिखा दिया। राजा ने खुश होकर कहा कि तुम्हारे सच बोलने के कारण यह सारा खजाना भी तुम्हारा हुआ और मैंने तुम्हें माफ भी किया।

किसान खुश हो गया। खजाने की बात को अब गुप्त रखने की जरूरत नहीं थी।

□

नहले पे दहला

प्राचीन समय की बात है। नर्मदा के घने जंगलों के बीच बसे शृंगवेरपुर में एक व्यापारी हरदयाल रहता था। एक दिन बक्से में सामान भरकर वह व्यापार करने चल पड़ा। जब वह घने जंगल से गुजर रहा था तो उसे एक आदमी मिला और बोला, "भाई, अपना भारी बक्सा मुझे दे दो, मैं उठा लेता हूँ। जो चाहो, भाड़ा दे देना।"

हरदयाल भाँप गया कि वह कोई डाकू है। उसने चुपचाप बक्सा उसे पकड़ा दिया और उससे छुटकारा पाने का उपाय सोचने लगा। अचानक उसकी आँखों में चमक आ गई। पास ही जंगल में उसका दोस्त लकड़हारा बदलू रहता था। वह बदलू के घर चला गया और अपना बक्सा वहीं रखवा लिया।

डाकू को लूटने का मौका नहीं मिला तो उसने थकान का नाटक किया और वहीं गिर पड़ा। आवाज सुनकर बदलू घर से बाहर आया और अपने दोस्त हरदयाल को सामने देखकर बहुत खुश हुआ। दोनों डाकू को उठाकर घर के अंदर ले गए। डाकू बेहोशी का बहाना करने लगा और सोचने लगा कि रात में मौका देखकर बक्सा लेकर फरार हो जाऊँगा।

हरदयाल ने बदलू को सारी बात बताई और डाकू से निबटने की तरकीब सोचने लगे। बदलू ने कुछ सोचकर गरदन हिलाई और पूरा

बक्सा खाली कर दिया और डाकू को उठाकर उसमें डालकर ताला जड़ दिया। फिर उसे उठाकर दूर एक गड्ढे में पटक दिया।

जंगल में घूमते डाकुओं की नजर बक्से पर पड़ी तो मोटा माल सोचकर वे खुश हो गए। लेकिन बक्सा खोला तो उसमें से उनका साथी ही बाहर निकला। उसने सारी बात बताई तो सब बदलू के यहाँ धावा बोलने चल पड़े।

हरदयाल को उनके आने का अंदेशा था, इसलिए उन्होंने राजा के कोतवाल को खबर कर दी थी। अपनी तरफ से भी डाकुओं के स्वागत की तैयारी कर रखी थी। जैसे ही डाकू उनके घर के पास पहुँचे, उन्होंने उबलते पानी की बौछारों से उन्हें जमीन पर छटपटाने को मजबूर कर दिया। इसके बाद उन पर पिसी लाल मिर्च बुरक दीं। सभी डाकू कराहने लगे। इतने में कोतवाल अपने सैनिकों के साथ आ गया।

राजा ने उस डकैत गिरोह को पकड़वाने के लिए इनाम की घोषणा कर रखी थी। इनाम बदलू और हरदयाल ने आधा-आधा बाँट लिया।

□

बरगद का पेड़

एक ठाकुर ने एक बनिए से कुछ रुपए उधार लिये और बार-बार तकाजा करने के बाद भी नहीं लौटाए। एक दिन बनिया ठाकुर के घर पहुँचा। उस दिन ठाकुर के यहाँ बहुत से मेहमान आए हुए थे। बनिए ने उन्हीं के सामने उससे अपने पैसे लौटाने को कहा। ठाकुर गुस्से से लाल हो गया और अगले दिन का वादा करके बनिए को टाल दिया।

अगले दिन एक सुनसान जगह पर ठाकुर ने बनिए को घेर लिया और अपनी तलवार निकालकर लहराने लगा, "तुमने मेरे मेहमानों के सामने मेरा अपमान किया था। मेरा अपमान करनेवाला जिंदा नहीं बचता।"

बनिए का दिमाग तेजी से चलने लगा। वह बोला, "ठाकुर साहब, मुझे मालूम था कि तुम यह सब करोगे, इसलिए मैं अपनी बीवी के पास एक खत छोड़ आया हूँ कि मेरी मौत के जिम्मेदार तुम होगे।"

यह सुनकर ठाकुर ने झट अपनी तलवार नीचे कर ली और बोला, "तुम्हें सबक सिखाने के लिए मैं तुम्हारी नाक तो जरूर काटूँगा।"

"अगर मैं तुम्हारा कर्ज माफ कर दूँ तो क्या तुम मुझे जाने दोगे?" बनिए ने बिना विचलित हुए पूछा।

"जरूर जाने दूँगा, पर पहले रसीद लिखकर दो कि मैंने तुम्हारा पूरा कर्ज चुका दिया है ?"

"ठीक है, लेकिन गवाह कौन बनेगा ?"

"गवाह की क्या जरूरत ?"

"बिना गवाह के रसीद की भी कोई अहमियत नहीं होती। हम इस बरगद के पेड़ को गवाह बना लेते हैं।"

बनिए ने रसीद लिखी और दे दी। ठाकुर ने झट से उसे जेब में डाल लिया और मूँछों पर ताव देता हुआ चला गया।

अगले दिन राजा के यहाँ से बुलावा आ गया। ठाकुर सकपकाता हुआ पहुँचा। राजा ने सवाल किया, "तुमने बनिए से कुछ उधार लिया है ?"

"नहीं महाराज।" कहते हुए उसने रसीद निकालकर आगे कर दी।

राजा ने रसीद देखकर पूछा, "तो तुम स्वीकार करते हो कि तुमने बनिए की जान लेने की कोशिश की थी ?"

"नहीं महाराज, मैंने तो सारे पैसे लौटा दिए। इस पर बनिए के दस्तखत हैं।"

उसने रसीद लेकर पढ़ी तो उसके हाथ-पैर ठंडे पड़ गए। बनिए ने चतुराई से काम लेते हुए लिख दिया था कि ठाकुर ने कर्ज वापस माँगने पर उसकी जान लेने की कोशिश की और मैंने बरगद के पेड़ के बतौर गवाह दस्तखत कर दिए।

□

चाँदी का कुआँ

ओंकारेश्वर में एक ठग रहता था। लोगों को ठगना और मजे करना उसका काम था। एक दिन वह एक किसान के पास पहुँचा और बोला, "छगनलालजी, मैंने सुना है कि आपको खेती की जमीन खरीदनी है ? मैं अपनी जमीन बेचना चाहता हूँ।"

छगनलाल ने जमीन दिखाने की बात कही तो ठग ने उसे एक खेत में ले जाकर खड़ा कर दिया। छगनलाल ने देखा कि खेत में एक ओर एक कुआँ बना था। उसने ठग से पूछा कि कुआँ भी साथ में मिलेगा। तो ठग बोला कि वह कुआँ तो बहुत कीमती है, क्योंकि उससे पानी खींचने पर उससे चाँदी निकलती है। उसने एक बाल्टी पानी खींचा तो वह चाँदी के सिक्कों से भरी निकली।

छगनलाल ने सोचा कि कुआँ खरीद लेता हूँ। उससे मेरी सारी गरीबी दूर हो जाएगी। दोनों मोल-भाव करने लगे। सौदा दो सौ सोने के सिक्कों पर तय हुआ। छगनलाल उसे अपने घर ले आया और आँगन में बैठा दिया। खुद अंदर जाकर बीवी को सारी बात बताई।

उसकी बीवी चतुर थी। उसे चाँदी के कुएँ वाली बात पर भरोसा नहीं हुआ। उसने कहा कि एक दिन के लिए कुआँ बेचनेवाले को टाल दो और गाँव के किसी बड़े-बूढ़े से इस बारे में सलाह लो। छगनलाल ने

ठग को अगले दिन पैसे ले जाने के लिए कहा और वहाँ से चलता कर दिया। इसके बाद वह गाँव के एक बुजुर्ग से मिला और उसे पूरी बात बताई। बुजुर्ग ने भी अचंभा जताते हुए चाँदी के कुएँ की मौजूदगी पर सवाल खड़ा किया। उसने एक तरकीब सुझाई।

अगले दिन ठग पैसे लेने आया तो छगनलाल ने उससे कहा कि वह यह लिखकर दे कि वह कुआँ उसका है और उससे चाँदी के सिक्के निकलते हैं। ठग आना-कानी करने लगा तो छगनलाल बोला, "अच्छा, तुम लिखकर नहीं देते हो तो मैं दो सौ के बदले केवल 20 सोने के सिक्के दूँगा।" कुछ आना-कानी के बाद जब ठग मान गया तो छगनलाल समझ गया कि वह जरूर धोखेबाज है।

इसी बीच छगनलाल की बीवी चौकी से सिपाही को बुला लाई थी। सिपाही ने आते ही ठग की मुश्कें कस दीं और छगनलाल अपनी बीवी की चतुराई से ठगी का शिकार होने से बच गया।

□

वो कौन थी?

कुछ वर्ष पूर्व तक आजीविका के लिए मैं ऑटो चलाया करता था। मैं अकसर रात्रि की शिफ्ट में सड़क पर निकलता था। दिन में एक अखबार में काम करता था।

जनवरी की सर्द रातें थीं। दो बजे एक सवारी को एयरपोर्ट पर ड्रॉप करके मैं धौला कुआँ (दिल्ली) के इलाके से गुजर रहा था। तभी एक बूढ़ी महिला ने हाथ के इशारे से मुझे रोका। वह लगभग 80 वर्ष की एक बूढ़ी महिला थी। उसके हाथ काँप रहे थे। उसने मैक्सी जैसा परिधान पहन रखा था। पास ही एक सूटकेस रखा था। मैंने सूटकेस उठाकर सीट के पीछे रखा और सहारा देकर उस बूढ़ी महिला को बिठाने लगा तो वह बोली, "मैं खुद ही बैठ जाऊँगी।"

मैं बोला, "आप मेरी माँ समान हैं। इसलिए आपकी मदद⋯।"

वह सीट पर बैठते हुए कँपकँपाती आवाज में बोली, "तुम बहुत भले लगते हो, बेटा।"

उसकी बात अनसुनी करते हुए मैं बोला, "माँजी, इतनी रात में आप अकेली कहाँ जा रही हैं?"

वह बोली, "बेटा, बस थोड़ी पुरानी यादें ताजा करनी हैं। तुम मुझे

रिंग रोड का एक चक्कर लगाकर यहीं छोड़ देना।"

इसके बाद हम लगभग दो घंटे तक साथ रहे। उसने मुझे वह बिल्डिंग दिखाई, जहाँ वह युवावस्था में काम करती थी। वह घर दिखाया, जहाँ वह अपने पति के साथ रहती थी। स्कूल दिखाया, जहाँ वह बचपन में पढ़ा करती थी। एक नाट्यगृह की ओर इशारा करके कहा कि वहाँ बचपन में एक नृत्य प्रतियोगिता में उसने पुरस्कार जीता था। कई जगहों पर उसने ऑटो की गति धीमी करवाई और गरदन बाहर निकालकर हसरत भरी नजरों से घूरती रही।

इसके बाद हम लगभग दो घंटे तक साथ रहे। उसने मुझे वह बिल्डिंग दिखाई, जहाँ वह युवावस्था में काम करती थी। वह घर दिखाया, जहाँ वह अपने पति के साथ रहती थी। स्कूल दिखाया, जहाँ वह बचपन में पढ़ा करती थी। एक नाट्यगृह की ओर इशारा करके कहा कि वहाँ बचपन में एक नृत्य प्रतियोगिता में उसने पुरस्कार जीता था।

मुझे बड़ा विचित्र सा अहसास हो रहा था और न चाहते हुए भी मैं उसके कहे अनुसार करता रहा।

भोर के चार बजे के बाद अचानक उसकी आवाज में बेचैनी झलकने लगी। वह बोली, "अब मैं बहुत थक गई हूँ, बेटा। मुझे वहीं छोड़ दो।"

मैंने बिना कुछ कहे ऑटो की रफ्तार बढ़ा दी। शायद मैं भी उससे जल्दी-से-जल्दी छुटकारा पाना चाहता था। थोड़ी देर बाद उसे वहीं उतारकर मैंने किंचित् संकोच से पूछा, "माँजी, आप यहाँ...!"

वह बीच में ही बोली, "मुझे कोई लेने आनेवाला है।"

इसके बाद उसने जाने कहाँ से पाँच सौ का नोट निकाला और मेरी ओर बढ़ाया। मैंने कहा, "नहीं माँजी, मैं पैसे नहीं लूँगा। आपको माँ कहा है न।"

उसने विरोध करते हुए कहा, "यह तुम्हारी रोजी-रोटी है बेटा।" और जबरदस्ती नोट मेरी जेब में रख दिया। मैंने नमस्ते की और ऑटो स्टार्ट करने लगा। जाते-जाते एक बार फिर माँजी को देखने के लिए मुड़कर देखा तो सन्न रह गया। वहाँ कोई नहीं था। मेरे हाथ-पाँव भारी हो गए। सिर चकराने लगा। कुछ देर बाद संयत होकर घर लौट आया।

पूरे रास्ते यह प्रश्न मुझे मथता रहा कि वह बूढ़ी महिला कौन थी ? लेकिन मुझे इस बात का संतोष था कि मैंने उसकी सभी इच्छाएँ पूरी कीं। और कुछ देर के लिए ही सही, उसके जीवन (?) को आनंद से भर दिया।

□

एड्स के जीवाणु

मेरे घर में बहुत सी चींटियाँ हैं, कॉकरोच हैं; छिपकलियाँ, चूहे, मकड़ियाँ, दीमक और अनेक छोटे-बड़े कीट-पतंगे हैं, जो मेरे परिवार के साथ रहते हैं। बल्कि यह कहना ठीक होगा कि जबरदस्ती रहते हैं। यह स्थिति सभी के घरों में होती है। हम चाहकर भी इन्हें भगा नहीं पाते। ये तो हुई भीतरी घर की बात। घर के बाहर या आसपास कौए, चिड़ियाँ, कबूतर, कुत्ते, बिल्लियाँ, गायें, शूकर, मुरगे-मुरगियाँ आदि जीव-जंतु रहते हैं। कभी आपने सोचा है कि ये जीव-जंतु आपके साथ या आसपास क्यों रहते हैं ? क्या ये हमारे बिछड़े रिश्तेदार हैं ? हिंदू शास्त्रों में 84 लाख योनियों में भटकने की बात कही गई है। स्वर्ग सिधारने के बाद हमारे पूर्वज कर्मों के अनुसार उच्च या निम्न जीव के रूप में जन्म ग्रहण करते हैं और वापस आ जाते हैं हमारे साथ रहने।

'मार्कंडेय पुराण' में पापों के अनुसार प्राप्त होने वाली योनियों के बारे में विस्तार से बताया गया है, जैसे—गुरु से छल करनेवाला, गुरु की पत्नी और उसके धन पर कुदृष्टि रखनेवाला व्यक्ति कुत्ते की योनि में जन्म लेता है। माता-पिता से अभद्र व्यवहार करनेवाला मैना की योनि में, भाई की पत्नी का अपमान करनेवाला कबूतर और उसे पीड़ा देनेवाला व्यक्ति कछुआ बनता है। किसी की अमानत को हड़पनेवाला मनुष्य

कीड़े के रूप में जन्म लेता है और विश्वासघाती मनुष्य को निकृष्ट जन्म लेने पड़ते हैं; पहले वह भेड़िया बनता है, फिर क्रमशः कुत्ता, सियार, बगुला, गिद्ध, साँप और कौए की योनि में जन्म लेता है। भोजन की चोरी करनेवाला मक्खी, घी चुरानेवाला नेवला, शहद चुरानेवाला चींटी, वस्त्र चुरानेवाला खरगोश, स्वर्ण की वस्तुएँ चुरानेवाला व्यक्ति कीट योनि में जन्म लेता है। वाहन चुरानेवाला मनुष्य अगले जन्म में विकलांग होता है। प्रसाधन सामग्री के चोर को छछूँदर की योनि भोगनी पड़ती है। जो मनुष्य भूमि पर कब्जा कर लेता है, वह रौरव आदि भयंकर नरकों में कष्ट भोगकर झाड़ी, बाँस का वृक्ष, लता और बेल बनकर पूर्व जन्म का पाप भोगता है।

इस प्रकार इस पुराण के अनुसार, कीट-पतंगों, जीव-जंतुओं के रूप में हमारे पूर्वज ही हर ओर बिखरे पड़े हैं। कई बार आप चींटियों को चुग्गा डालते हैं, गायों को आदर से रोटियाँ खिलाते हैं, कबूतरों को दाना चुगाते हैं तो अप्रत्यक्ष रूप से अपने किसी पुरखे को ही खिला रहे होते हैं।

इस प्रकार इस पुराण के अनुसार, कीट-पतंगों, जीव-जंतुओं के रूप में हमारे पूर्वज ही हर ओर बिखरे पड़े हैं। कई बार आप चींटियों को चुग्गा डालते हैं, गायों को आदर से रोटियाँ खिलाते हैं, कबूतरों को दाना चुगाते हैं तो अप्रत्यक्ष रूप से अपने किसी पुरखे को ही खिला रहे होते हैं। कई बार अलबत्ता अकसर आपमें से कुछ लोग अपने ही पुरखों को मुरगे-मुरगियों, बकरे-बकरियों, मछलियों आदि के रूप में प्लेटों में लेकर खा रहे होते हैं। संभवतः पूर्वकाल में ये जंतु भी मनुष्य रहे हों और इन्होंने आपका भक्षण किया हो और प्रतिपरिणामस्वरूप आप उन्हें खा रहे हों!

'गीता' में कहा गया है कि आत्मा अजर-अमर है, वह शरीररूपी वस्त्र बदलती है। अतः जो आत्मा एक चींटी में है, वही हम और आपमें है। आत्मा के स्तर पर हममें और चींटी में कोई भेद नहीं है। केवल शरीररूपी वस्त्र का अंतर है। अतः इस परिकल्पना को बल मिलता है कि हमारे निकट रहनेवाले जीव हमारे अपने ही पूर्वज, नाते-रिश्तेदार अथवा स्नेही हैं। 'मार्कंडेय पुराण' भी इस बात की पुष्टि करता है।

मैं एक अनुभूत उदाहरण देना चाहूँगा। स्थान 'क' पर मैं सपरिवार रहने आया तो वहाँ सुबह-शाम-दोपहर एक कौआ मँडराने लगा। वह एक ही कौआ था, जो दिन भर हमसे चिपका रहना चाहता था। उसकी सबसे बड़ी पहचान था उसकी चोंच में पड़ा धातु का छल्ला। अतः उसे पहचानने में हमसे कोई भूल नहीं होती थी। हमने उसका नामकरण भी कर दिया था—'नथनिया'। उसे बचा-खुचा खाना दिया जाने लगा।

मैं एक अनुभूत उदाहरण देना चाहूँगा। स्थान 'क' पर मैं सपरिवार रहने आया तो वहाँ सुबह-शाम-दोपहर एक कौआ मँडराने लगा। वह एक ही कौआ था, जो दिन भर हमसे चिपका रहना चाहता था। उसकी सबसे बड़ी पहचान था उसकी चोंच में पड़ा धातु का छल्ला।

8-10 साल हम 'क' स्थान पर रहे और 'नथनिया' हमसे जुड़ा रहा। फिर हमने वह मकान छोड़ दिया और 10-12 किलोमीटर दूर 'ख' स्थान पर आकर रहने लगे। यहाँ भी कुछ कौए मँडराने लगे। उन्हें देख हमें नथनिया की याद आ गई। यहाँ भी कौओं को दाना-पानी देने का सिलसिला शुरू हो गया।

एक दिन प्रातः घनघोर आश्चर्य से हम उछल पड़े। देखा, नथनिया

घर की मुँड़ेर पर बैठा काँव-काँव कर रहा है। हमें देख वह और जोर-जोर से काँव-काँव करने लगा और फुदक-फुदककर यहाँ-वहाँ बैठने लगा, मानो मिलन की खुशी जाहिर कर रहा हो।

इस परिघटना से मेरी इस परिकल्पना को और बल मिला कि संभवतः हमारे निकटवर्ती जीव-जंतु हमारे पूर्वज हों। वरना 10-12 किलोमीटर का अनजान सफर तय करके एक कौए का हम तक पहुँचना, इसे क्या कहा जाए?

मेरी अवधारणा है कि घरों में रहनेवाले जीव-जंतु संभवतः वर्तमान जन्म से मुक्ति की आस में हमारे यहाँ पड़े रहते हैं और हम प्रायः उन्हें मुक्त भी करते हैं। कॉकरोच, मच्छरों व अन्य कीट-पतंगों को हम विभिन्न उपायों द्वारा मारते हैं। चींटियों, छिपकलियों, मकड़ियों, चूहों आदि को भी हम घर से बाहर कर देते हैं। वहाँ अभावग्रस्त रहकर वे कितने दिनों तक जीवित रह सकते हैं? अर्थात् वे जल्दी ही दम तोड़ देते हैं और नई योनि के लिए मुक्त हो जाते हैं।

मेरी अवधारणा है कि घरों में रहनेवाले जीव-जंतु संभवतः वर्तमान जन्म से मुक्ति की आस में हमारे यहाँ पड़े रहते हैं और हम प्रायः उन्हें मुक्त भी करते हैं। कॉकरोच, मच्छरों व अन्य कीट-पतंगों को हम विभिन्न उपायों द्वारा मारते हैं। चींटियों, छिपकलियों, मकड़ियों, चूहों आदि को भी हम घर से बाहर कर देते हैं।

वे कुत्ते, बिल्लियाँ, खरगोश आदि जानवर बहुत भाग्यशाली पूर्वज होते हैं, जिन्हें हम शानोशौकत से पालते हैं। ग्वाले के घर पलनेवाली गाय-भैंस उसके पूर्वज हैं, जो जीव रूप में उसकी रोजी-रोटी की जुगाड़ करते हैं। किसान के खेत में हल खींचनेवाला या बैलगाड़ियों में जुतनेवाला

बैल उसका पूर्वज है। गली-सड़कों पर घूमनेवाले पशु वे लावारिस जीव हैं, जिनके सब रिश्तेदार मर-खप चुके होते हैं और वे मुक्ति की आस में दर-दर भटकते हैं। कुछ ऐसे जीव भी हैं, जो मुक्ति से दूर भागते हैं। हिंदू शास्त्रों में आई एक रोचक कथा से इस बात की पुष्टि होती है।

एक बार भगवान् शिव और माता पार्वती वेश बदलकर धरती पर घूम रहे थे। एक घर के बाहर एक बूढ़े को उसकी बहू दुतकार रही थी। बूढ़ा बेचारा बोझा ढो रहा था। माता पार्वती द्रवित हो शिव से बोलीं, "स्वामी, मैं उस वृद्ध की सहायता करना चाहती हूँ।"

एक बार भगवान् शिव और माता पार्वती वेश बदलकर धरती पर घूम रहे थे। एक घर के बाहर एक बूढ़े को उसकी बहू दुतकार रही थी। बूढ़ा बेचारा बोझा ढो रहा था। माता पार्वती द्रवित हो शिव से बोलीं, "स्वामी, मैं उस वृद्ध की सहायता करना चाहती हूँ।"

शिवजी ने समझाया कि बूढ़ा नहीं मानेगा, लेकिन फिर पार्वती की जिद के आगे उन्हें झुकना पड़ा और उन्होंने सहायता की सहमति दे दी।

पार्वती वेश बदलकर बूढ़े के पास पहुँचीं और बोलीं, "बाबा! इस अवस्था में तुम्हारी बहू तुमसे इतना काम ले रही है। मैं इस योनि से तुम्हें सदा-सदा के लिए छुटकारा दिला सकती हूँ।"

बहुत कहने पर भी बूढ़ा अपने बहू-बेटे को छोड़ने के लिए राजी नहीं हुआ और बोला, "अभी मुझे पौत्रों का मुँह देखना है। मुक्ति की बात बाद में।"

पार्वती 8-10 साल बाद पुनः वहाँ आईं। देखा, बूढ़ा तीन बच्चों के साथ खेल रहा है। उन्होंने कहा, "अब चलो मेरे साथ मुक्तिधाम।"

"नहीं, अभी नहीं।" बूढ़ा बोला, "अभी तो मुझे इनका शादी-ब्याह देखना है।" पार्वती फिर खाली हाथ लौट गईं।

कुछ वर्षों बाद वे पुनः आईं। इस बार बूढ़ा कहीं दिखाई नहीं दिया। तभी घर की नाली से एक मेढक टर्राते हुए बाहर कूदा। पार्वती ने ध्यान लगाया तो सारी स्थिति स्पष्ट हो गई। बूढ़ा मरकर मेढक की योनि में जनमा था। उसके निकट पहुँचकर पार्वतीजी ने कहा, "मुक्ति में तुमने बहुत देर कर दी, लेकिन मैं तुम्हें एक मौका और देना चाहती हूँ।"

कुछ वर्षों बाद वे पुनः आईं। इस बार बूढ़ा कहीं दिखाई नहीं दिया। तभी घर की नाली से एक मेढक टर्राते हुए बाहर कूदा। पार्वती ने ध्यान लगाया तो सारी स्थिति स्पष्ट हो गई। बूढ़ा मरकर मेढक की योनि में जनमा था। उसके निकट पहुँचकर पार्वतीजी ने कहा, "मुक्ति में तुमने बहुत देर कर दी, लेकिन मैं तुम्हें एक मौका और देना चाहती हूँ।"

बात बीच में ही काटते हुए मेढक चीखा, "जाओ बाबा, जाओ, मुझे नहीं होना मुक्त। कम-से-कम मेरे बच्चे तो मेरी आँखों के सामने हैं। मेढक ही सही, उन्हें देखकर ही संतोष कर लेता हूँ।"

तो इस प्रकार लोभ के वशीभूत होकर हमारे पूर्वज हमारे आसपास ही मँडराने का प्रयास करते हैं। अब यह हम पर निर्भर है कि हम उनके साथ कैसा व्यवहार करते हैं। यदि हमारे पूर्वज मच्छर बनकर मलेरिया या डेंगू फैलाएँगे तो जाहिर है, हम उन्हें मारना चाहेंगे, जीवाणु बनकर पोलियो फैलाएँगे तो मारे जाएँगे। लेकिन कैंसर फैलानेवाले जीवाणुरूपी हमारे पूर्वज अपने प्रियजन को तिल-तिलकर मारते हैं; शायद सास-बहू का पुराना वैर हो, और एक दिन अपने ही साथ ले जाते हैं। बुखार, जुकाम, पेचिश आदि जैसे रोगों के पूर्वजरूपी जीवाणु हमारे शरीर में

प्रविष्ट होकर अपनी उपस्थिति दर्ज कराते हैं और हमारे दवा लेने के साथ ही उनकी 'मुक्ति' हो जाती है तथा हम भी रोग-मुक्त हो जाते हैं।

चेचक जैसे ढीठ पूर्वज जीवाणु को हमने मुश्किल से मुक्ति दिलवाई। अब एड्स जैसा आतंकवादी जीवाणु सारी दुनिया के सामने सीना ताने खड़ा है। लगता है, इस जीवाणुरूपी पूर्वज को अतीत में हमने बड़े कष्ट दिए हैं, तभी इसकी मुक्ति के उपाय अब तक नहीं खोजे जा सके हैं। खैर, हमारे वैज्ञानिक रिसर्च में लगे हैं। इस पूर्वज जीवाणु को भी एक-न-एक दिन मुक्त होना होगा, यह अलग बात है कि तब तक यह धरती का काफी कुछ वजन हलका कर देगा।

चेचक जैसे ढीठ पूर्वज जीवाणु को हमने मुश्किल से मुक्ति दिलवाई। अब एड्स जैसा आतंकवादी जीवाणु सारी दुनिया के सामने सीना ताने खड़ा है। लगता है, इस जीवाणुरूपी पूर्वज को अतीत में हमने बड़े कष्ट दिए हैं, तभी इसकी मुक्ति के उपाय अब तक नहीं खोजे जा सके हैं। खैर, हमारे वैज्ञानिक रिसर्च में लगे हैं।

जो भी व्यक्ति किसी बीमारी के कारण मरता है, संभवत: वह उसी बीमारी का जीवाणु बन जाता हो। कैंसर से मरनेवाला कैंसर का जीवाणु, पोलियो से मरनेवाला पोलियो का जीवाणु, एड्स से मरनेवाला एड्स का जीवाणु आदि-आदि।

सभी जीवाणु हमारे दुश्मन हैं, यह भी पूरी तरह सच नहीं है। साँप के जहर से कैंसर जैसी घातक बीमारी की दवा बनाई जाती है। यहाँ देखने वाली बात यह है कि दोनों जीव हमारे दुश्मन हैं, लेकिन जहाँ एक जीव हमें बीमार कर रहा है तो दूसरा स्वस्थ। इसी प्रकार, दही और पनीर बनाने में कई कीटाणु हमारी सहायता करते हैं। अनेक मादक पेय, खाद्य

पदार्थ, औषधियाँ, प्रसाधन सामग्रियाँ आदि बनाने में कीटाणुओं का अहम योगदान होता है। रेशम का कीड़ा हमारे लिए रेशम देता है, मधुमक्खियाँ शहद बनाती हैं।

इस प्रकार, जहाँ एक ओर कुछ जीव-जंतु इस निकृष्ट योनि में भी पापकर्मों में प्रवृत्त रहते हैं, वहीं मधुमक्खियों जैसे कुछ कीट निकृष्ट योनि पाकर भी परमार्थ करते हैं, परोपकार करते हैं। इस प्रकार जीवन-क्रम सतत चलता रहता है।

इस क्रम में अगला नंबर हमारा तो नहीं? हम आज कैसे कर्म कर रहे हैं, यह इस बात पर निर्भर करेगा। जैसा कि 'मार्कंडेय पुराण' में कहा गया है कि लोभ के वशीभूत होकर ही मनुष्य विभिन्न निकृष्ट योनियों में जन्म लेता है। इसका निर्णय हम स्वयं करें कि हम कितने निर्लोभी हैं, कितने दूध के धुले हैं। फिर गणना करके अपने लिए योनि भी तय कर लें।

□

वासा लड़ाकू जहाज

10 अगस्त, 1628। स्वीडन की राजधानी स्टॉकहोम का एक बंदरगाह लोगों से खचाखच भरा था। ये लोग 'वासा' नामक एक नए लड़ाकू समुद्री जहाज को देखने आए थे, जो पहली बार समुद्र में उतर रहा था। वह कोई मामूली जहाज नहीं था। उसे बनने में पूरे तीन साल लग गए थे।

स्वीडन का राजा गस्तवस द्वितीय एडॉल्गफ वासा की इच्छा थी कि वह जहाज दुनिया का सबसे शक्तिशाली जहाज हो। कुछ लोगों का कहना है कि जब उसे पता चला कि डेनमार्क का राजा अपने नए लड़ाकू जहाज में दो डेक बनवाकर उनमें 'तोपें' लगवा रहा है तो उसने भी अपने उस जहाज में दो तोप वाले डेक बनवाए। वह नहीं चाहता था कि उसके राजवंश के नाम का झंडा फहराने वाला जहाज दुनिया के किसी भी जहाज से कम हो।

उस जहाज को बनवाने के लिए उसने पानी की तरह पैसा बहाया था। उसमें 64 तोपें लगाई गई थीं। इतना ही नहीं, उस जहाज की शान-बान के लिए उसमें 700 खूबसूरत मूर्तियाँ जड़ी गई थीं। वह खूबसूरत और शक्तिशाली जहाज उस समय का सबसे शानदार जहाज था। इसलिए राजा वासा ने अपनी शान और प्रभाव दिखाने के लिए उस जहाज का

उद्घाटन बड़ी धूमधाम से किया। जिस दिन वासा जहाज पहली बार समुद्र में उतरा तो लोग प्रसन्नता से भर उठे और उन्होंने बड़े गर्व के साथ तालियाँ बजाकर उसका स्वागत किया।

लेकिन वासा अभी लगभग एक किलोमीटर दूर ही गया था कि हवा के एक झोंके से लड़खड़ाकर उलट गया। जहाज में चारों ओर से पानी भरने लगा और देखते-ही-देखते जहाज डूब गया। इतिहास में ऐसा कभी नहीं हुआ कि कोई जहाज़ समुद्र में उतरते ही डूब गया हो।

बंदरगाह पर खड़ी भीड़ की आँखें फटी-की-फ़टी रह गईं। वासा देश की रक्षा करते हुए शहीद नहीं हुआ, न ही किसी खतरनाक समुद्री तूफान का शिकार हुआ। लोग विश्वास नहीं कर पा रहे थे कि स्वीडन की शान एक मामूली हवा के झोंके से मिट्टी में मिल गई। जहाज तो डूबा ही, साथ में 50 लोगों को मौत के आगोश में सुला गया, जो उस समय जहाज पर सवार थे। इस घटना ने लोगों को झकझोरकर रख दिया। तब से वासा का नाम लेते ही स्वीडन के लोगों का सिर शर्म से झुक जाता है।

> *बंदरगाह पर खड़ी भीड़ की आँखें फटी-की-फटी रह गईं। वासा देश की रक्षा करते हुए शहीद नहीं हुआ, न ही किसी खतरनाक समुद्री तूफान का शिकार हुआ। लोग विश्वास नहीं कर पा रहे थे कि स्वीडन की शान एक मामूली हवा के झोंके से मिट्टी में मिल गई। जहाज तो डूबा ही, साथ में 50 लोगों को मौत के आगोश में सुला गया, जो उस समय जहाज पर सवार थे।*

उस शर्मनाक हादसे के तुरंत बाद इस मामले की जाँच की गई। सब जानना चाहते थे कि उस घटना के लिए कौन जिम्मेदार है। परंतु जब पता

चला कि स्वयं राजा और उसकी नौसेना का दूसरा सबसे बड़ा सेनापति क्लास फ्लेमिंग उस घटना के लिए जिम्मेदार हैं तो मामले को रफा-दफा कर दिया गया।

राजा वासा क्यों दोषी था? क्योंकि वह अपनी पसंद का जहाज बनवाना चाहता था। जहाज बनाने वालों ने भी मजबूरी में उसकी डिजाइन के अनुसार जहाज बना दिया, हालाँकि उन्हें उस डिजाइन के बारे में कुछ पता नहीं था। जब जहाज बनकर तैयार हुआ तो सेनापति फ्लेमिंग ने उसके संतुलन की जाँच के लिए 30 सैनिकों को जहाज के एक कोने से दूसरे कोने तक दौड़ने के लिए कहा। उसने देखा कि जहाँ-जहाँ सैनिक जाते हैं, वहाँ-वहाँ जहाज झुक जाता है। तीसरी बार तो वह लगभग उलटने ही वाला था कि सेनापति फ्लेमिंग ने सैनिकों को रोक दिया। यह सब जानते हुए भी उसने जहाज को समुद्र में जाने से नहीं रोका। राजा और सेनापति जैसे बड़े लोगों पर आरोप लगाने का दुस्साहस भला कौन कर सकता था!

जहाज डूबने के कुछ सालों बाद सन् 1665 में स्वीडन की सेना का एक भूतपूर्व अफसर एक उपकरण के माध्यम से वासा जहाज में लगी तोपें निकालने में सफल रहा। धीरे-धीरे वासा समुद्र की गहराई में पाए जानेवाले कीचड़ में धँसता चला गया। इसके साथ ही उसकी यादें भी उसके साथ दफन हो गईं।

जहाज डूबने के कुछ सालों बाद सन् 1665 में स्वीडन की सेना का एक भूतपूर्व अफसर एक उपकरण के माध्यम से वासा जहाज में लगी तोपें निकालने में सफल रहा। धीरे-धीरे वासा समुद्र की गहराई में पाए जानेवाले कीचड़ में धँसता चला गया। इसके साथ ही उसकी यादें भी उसके साथ दफन हो गईं।

कई सालों से एंडर्स नामक एक पुरातत्त्वविज्ञानी पुराने दस्तावेजों की सहायता से समुद्र की गहराइयों में दबे वासा की खोज कर रहा था। सन् 1956 में उसकी खोज सफल हुई, जब उसने एक उपकरण द्वारा वासा जहाज का एक टुकड़ा समुद्र से निकाला। बाद में वासा को सावधानीपूर्वक समुद्र से खींचकर एक बंदरगाह तक लाया गया।

24 अप्रैल, 1961 अर्थात् लगभग 333 साल बाद वासा जहाज पुनः स्टॉकहोम के बंदरगाह पर खड़ा था और एक बार फिर लोगों की भीड़ जोरों से तालियाँ बजाकर चिल्ला रही थी। परंतु अब यह जहाज केवल पर्यटकों को दिखाने के लिए रखा गया है। साथ ही समुद्री पुरातत्त्वविज्ञानियों के लिए यह एक खजाना है, क्योंकि इस जहाज से उन्हें बहुत उपयोगी जानकारियाँ मिल रही हैं। जैसे इस 17वीं सदी के जहाज में 25,000 से भी अधिक कलाकृतियाँ हैं, जो उस जहाज की प्रत्येक छोटी-बड़ी मजेदार बातों की जानकारी देती हैं। इसके अतिरिक्त इससे उस समय के जहाज बनाने के तरीकों और मूर्तिकला को अच्छी तरह से समझने में भी मदद मिल रही है।

24 अप्रैल, 1961 अर्थात् लगभग 333 साल बाद वासा जहाज पुनः स्टॉकहोम के बंदरगाह पर खड़ा था और एक बार फिर लोगों की भीड़ जोरों से तालियाँ बजाकर चिल्ला रही थी। परंतु अब यह जहाज केवल पर्यटकों को दिखाने के लिए रखा गया है। साथ ही समुद्री पुरातत्त्वविज्ञानियों के लिए यह एक खजाना है, क्योंकि इस जहाज से उन्हें बहुत उपयोगी जानकारियाँ मिल रही हैं।

वासा जहाज की एक-एक वस्तु आज तक सही-सलामत क्यों रही ? एक बात तो यह है कि वह जहाज एकदम नया था। साथ ही समुद्री

कीचड़ में धँसा होने के कारण उसकी लकड़ियों में कीड़े नहीं लगे, जो अकसर खारे पानी में पड़ी लकड़ी को खा जाते हैं।

विशेषज्ञों का कहना है कि वासा जहाज को स्थिर रखने के लिए 240 टन से भी अधिक वजन की जरूरत थी, लेकिन वासा में केवल 120 टन वजन डाला गया था। क्योंकि अधिक वजन से जहाज भारी हो जाता, जिससे कि निचले तोप-डेक के छिद्रों से पानी घुस जाता और जहाज डूब सकता था। साथ ही इतने अधिक वजन के लिए जहाज में पर्याप्त स्थान भी नहीं था। वासा दिखने में बहुत खूबसूरत था, केवल उसमें संतुलन की कमी थी और यही कमी उसे ले डूबी।

अब इस जहाज को संग्रहालय में रखा गया है। वह दुनिया का ऐसा सबसे पुराना जहाज़ है, जिसकी एक-एक वस्तु सन् 1628 की दुर्घटना के बाद भी सही-सलामत है। संग्रहालय में प्रत्येक साल लगभग नौ लाख लोग 17वीं सदी के उस आलीशान और वैभवपूर्ण जहाज को देखने आते हैं। वह जहाज हमें याद दिलाता है कि जिनके पास ताकत होती है, वे कैसे अपने अहंकार और हठ की वजह से सही तरीकों को नजरअंदाज कर देते हैं।

□

चौथा विश्वयुद्ध

प्रथम विश्वयुद्ध (1914–19) तथा द्वितीय विश्वयुद्ध (1939–45) ने दुनिया को ऐसी अपूरणीय क्षति दी, जिसकी भरपाई वह आज भी कर रही है। हिरोशिमा और नागासाकी के जख्म आज भी नहीं सूखे हैं। हिटलर ने यहूदियों को जो घाव दिए, उनसे वे आज भी आतंकित हैं। पर्ल हार्बर का हमला अमरीकियों में आज भी टीस भर देता है।

यदि हम भारतीय वैदिक साहित्य का अध्ययन करें तो वहाँ भी हमें अनेक दैत्यों और देवों के युद्धों के वर्णन मिलते हैं। दैत्य भी साम्राज्यवाद की लालसा में कभी इंद्र के स्वर्गासन पर हमला करते हैं तो कभी ऋषि-मुनियों का कत्लेआम करके उन्हें अपनी पूजा करने के लिए बाध्य करते हैं। जैसे हिटलर ने यहूदियों का कत्लेआम किया और नाजियों को विश्व में सर्वश्रेष्ठ सिद्ध करने की कुचेष्टा की। तो क्या वे दैत्य ही हिटलर, मुसोलिनी, स्टालिन, हिदेकी तोजो इत्यादि के रूप में जनमे थे? अवतारवाद में यकीन रखनेवाले लोग इस दृष्टिकोण के हामी हो सकते हैं। लेकिन यहाँ यह भी जोड़ना आवश्यक है कि हिटलर जैसे ये लोग उन दैत्यों से भी कहीं अधिक भयंकर थे। दैत्य लोगों ने जो कुछ किया, अपने अस्तित्व को बचाने के लिए किया। दैत्यों ने अपने ही लोगों से कभी युद्ध नहीं किया। जबकि प्रथम और द्वितीय विश्वयुद्ध में तो एक इनसान ने

ही दूसरे इनसान के साथ छल किया, बलात्कार किया, लूट-खसोट की, नरसंहार व नंगा नाच किया। इन युद्धों में इनसान ने इनसानियत की सारी हदें तोड़कर राक्षसों को भी शर्मिंदा कर दिया।

अगर हम आँकड़ों की बात करें तो इन दोनों युद्धों में लगभग 10 करोड़ लोग मारे गए और अरबों डॉलर की संपत्ति स्वाहा हो गई। हालाँकि ये आँकड़े अलग-अलग स्त्रोतों पर अलग हो सकते हैं। अगर इतना मानव संसाधन और आर्थिक संसाधन हम रचनात्मक कार्यों पर खर्च करते तो चंद्रमा पर एक नई पृथ्वी बसा सकते थे।

अगर हम आँकड़ों की बात करें तो इन दोनों युद्धों में लगभग 10 करोड़ लोग मारे गए और अरबों डॉलर की संपत्ति स्वाहा हो गई। हालाँकि ये आँकड़े अलग-अलग स्त्रोतों पर अलग हो सकते हैं। अगर इतना मानव संसाधन और आर्थिक संसाधन हम रचनात्मक कार्यों पर खर्च करते तो चंद्रमा पर एक नई पृथ्वी बसा सकते थे।

आज भी अनेक देश युद्ध में लगे हुए हैं। कुछ ने तो युद्ध को ही अपनी राष्ट्रीय नीति का हिस्सा बना लिया है। ऐसे देश जरा पीछे लड़े गए युद्धों पर दृष्टि डाल लें तो उन्हें पता चल जाएगा कि वे कितने पानी में हैं। युद्ध हमेशा विनाश का मार्ग प्रशस्त करते हैं, यह स्मरण रहे। दूसरों का घर जलाने पर उसकी चिनगारी हमें भी निश्चित ही झुलसाएगी।

स्मरण रखें, आप हिटलर से अधिक ताकतवर नहीं हो सकते, जिसके आह्वान पर लाखों लोग कट-मरने को तैयार हो गए थे, लेकिन युद्ध की आग ने उसे भी लील लिया। उसे पत्नी सहित आत्महत्या करनी पड़ी।

इटली के तानाशाह मुसोलिनी ने राज्य-विस्तार की लालसा में

हिटलर का साथ दिया और आँख मूँदकर उसकी हाँ-में-हाँ मिलाई। परिणाम, उसे चौराहे पर पागल कुत्ते को तरह गोली मार दी गई।

सोवियत संघ के तानाशाह स्टालिन ने तो क्रूरता में दानवों को भी पीछे छोड़ दिया था। वह अपनी सेना के योग्य कमांडरों का कत्ल करवा देता था, ताकि कोई उसकी एकच्छत्र सत्ता को चुनौती न दे सके। हजारों लोगों का वह बातों-ही-बातों में कत्ल करवा देता था। अपनी स्वार्थपूर्ति के आगे इनसान उसे कीड़े-मकोड़ों से भी बदतर नजर आते थे। उसका कहना था कि एक आदमी की मौत एक त्रासदी है और लाखों की आँकड़ा।

सोवियत संघ के तानाशाह स्टालिन ने तो क्रूरता में दानवों को भी पीछे छोड़ दिया था। वह अपनी सेना के योग्य कमांडरों का कत्ल करवा देता था, ताकि कोई उसकी एकच्छत्र सत्ता को चुनौती न दे सके। हजारों लोगों का वह बातों-ही-बातों में कत्ल करवा देता था।

जापानी तानाशाह हिदेकी तोजो ने विश्व में अपनी श्रेष्ठता सिद्ध करने के लिए युद्ध को हथियार बनाया। पर्ल हार्बर पर हमला कराया। आस-पास के मुल्कों पर ताबड़तोड़ हमले किए। शांति प्रस्तावों को हेकड़ी के साथ ठुकरा दिया। परिणाम हिरोशिमा और नागासाकी पर परमाणु हमले झेलने पड़े। हिरोशिमा में लगभग एक लाख लोग मारे गए और इससे आधे घायल हुए। नागासाकी में एक लाख से कुछ कम लोग मारे गए और लगभग 50 हजार लोग घायल हुए। बाद में युद्ध-अपराध के लिए इस तानाशाह को फाँसी पर चढ़ा दिया गया। एक आदमी की गलती की सजा इतने आदमी क्यों भुगतें?

दुनिया में अमन, शांति, विकास और सौहार्द के लिए हिटलर जैसे लोगों की नहीं, गांधी जैसे लोगों की जरूरत है। हिटलर जैसे लोग

इनसानियत को तोड़ते हैं और गांधी जैसे लोग राक्षसों को भी इनसान बना देते हैं। हिटलर जैसे लोग मुल्कों के बीच नफरत फैलाते हैं और आपसी संबंधों में दरार डालने का प्रयास करते हैं; वहीं गांधी जैसे लोग मुल्कों के बीच प्रेम बनाने का प्रयास करते हैं और आपसी संबंधों में आई दरार को पाटने का काम करते हैं।

आप सोच सकते हैं, हमें कैसे लोगों की जरूरत है? हम अपने नेतृत्वकर्ताओं पर देश को अमन और शांति के मार्ग पर आगे बढ़ाने के लिए दबाव बना सकते हैं। लोकतंत्र में यह किया जा सकता है। जनता की आवाज जनार्दन की आवाज होती है, यह ध्यान रखें। हमें ही यह तय करना होगा कि हमारे देश में ही नहीं, अपितु दुनिया में कहीं भी युद्ध न हो, क्योंकि युद्ध किसी समस्या का हल नहीं है। युद्ध से हमें तात्कालिक लाभ तो हो सकता है, लेकिन इसके दूरगामी परिणाम पक्ष और विपक्ष दोनों को ही विपरीत भुगतने पड़ते हैं। पिछले अनेक युद्धों के निष्कर्ष पर दृष्टि डालें तो वे हमें झकझोरकर रख सकते हैं।

आप सोच सकते हैं, हमें कैसे लोगों की जरूरत है? हम अपने नेतृत्वकर्ताओं पर देश को अमन और शांति के मार्ग पर आगे बढ़ाने के लिए दबाव बना सकते हैं। लोकतंत्र में यह किया जा सकता है। जनता की आवाज जनार्दन की आवाज होती है, यह ध्यान रखें।

युद्ध रिक्टर स्केल पर 12 की तीव्रता वाले भूकंप के समान होता है, जो कुछेक सेकंड में ही किसी भी देश को भयानक विनाश के तूफान में झोंकने के लिए काफी होता है। वह पीछे त्रासदी, विनाश, सिसकियाँ, तबाही और न जाने क्या कुछ छोड़ जाता है। उससे उबरने में वर्षों लग जाते हैं।

चौथा विश्वयुद्ध

एक कहावत है, 'लबे शीरीं तो मुलक गीरी'। यानी हम मीठी बोली से पूरी दुनिया को वश में कर सकते हैं। आज जब संसार एक 'वैश्विक गाँव' बन गया है, ऐसे में युद्ध [illegible] भी घर के आँगन में गूँजती सुनाई देती है। इन परिस्थितियों में हमें युद्ध की बात सोचनी भी नहीं चाहिए, क्योंकि आज दुनिया चाँद पर पहुँच गई है। उसने अंतरिक्ष में प्रयोगशाला स्थापित कर ली है। जासूसी उपग्रहों की पैनी नजरों से लोगों के स्नानगृह भी निरापद नहीं बचे हैं; ऐसे में युद्ध की एक छोटी सी चिनगारी भी ज्वालामुखी का रूप धारण कर सकती है। तीसरा विश्वयुद्ध कभी छिड़ा तो वह पृथ्वी से ही नहीं; चाँद से, उपग्रहों से, अंतरिक्ष से और न जाने कहाँ-कहाँ से लड़ा जाएगा! न जाने कौन-कौन से घातक अस्त्र-शस्त्रों का इस्तेमाल होगा!

आइंस्टाइन ने कहा है, "मुझे यह नहीं मालूम कि तीसरा विश्वयुद्ध कैसे लड़ा जाएगा, लेकिन चौथा विश्वयुद्ध अवश्य ही डंडों और पत्थरों से लड़ा जाएगा।"

अर्थात् तीसरा विश्वयुद्ध हमें पुनः आदिम युग में पहुँचा देगा!

□

दैत्य का संदूक

हिमालय की तराई में कभी एक बौद्ध साधु रहता था, जिसके उपदेश सुनने एक दबंग दुष्ट (दैत्य) भी आता था। किंतु दबंग दुष्ट अपनी दानवी (दमन करने की वृत्ति) प्रवृत्ति के कारण राहगीरों को लूटता था और उन्हें मारता था। एक बार उसने काशी के एक धनी सेठ की पुत्री और उसके अनुचरों की सवारी पर आक्रमण किया। दैत्य को देखते ही उस कन्या के सारे अनुचर अपने अस्त्र-शस्त्र छोड़ भाग खड़े हुए। सेठ की कन्या को देखकर दैत्य उस पर मुग्ध हो गया। उसने उसकी हत्या न कर उसके साथ ब्याह रचाया। इस डर से कि वह सुंदर कन्या कहीं भाग न जाए, वह उसे एक संदूक में बंद कर देता था। एक दिन वह दैत्य साधु से मिलने जा रहा था, तभी उसकी नजर एक सुंदर झील पर पड़ी। गरमी बहुत थी। इसलिए वह झील के पास आया। उसने अपने साथ लिये हुए संदूक को बाहर निकाला। फिर संदूक को खोलकर कन्या को बाहर निकाला और उसे जलाशय में अपने हाथों से स्नान कराया। उसके बाद वह स्वयं जलाशय में स्नान करने लगा। मुक्त हो कन्या जलाशय के किनारे विचरण करने लगी। तभी कन्या की नजर एक नव युवक पर पड़ी, जो एक जादूगर भी था।

उस अत्यंत सुंदर युवक को देख कन्या ने उसे इशारों से अपने पास

बुलाया। फिर प्रेम-क्रीड़ा करने के लिए उसने उसे संदूक में बैठने को कहा। युवक जब वहाँ बैठ गया, तब वह उसे अपने लिबास से ढककर स्वयं उसके ऊपर जा बैठी। नहाकर दैत्य जब लौटा तो उसने संदूक को बंद कर लिया।

दैत्य जब साधु के आश्रम में पहुँचा तो साधु ने उसका स्वागत करते हुए कहा, "आप तीनों का स्वागत है।" साधु की बात सुन दैत्य चौंक गया, क्योंकि वह नहीं जानता था कि कन्या और उसके अतिरिक्त भी कोई तीसरा उनके साथ है।

साधु की बात सुनते ही उसने संदूक को बाहर निकाला। ठीक उसी समय युवक संदूक से बाहर निकल रहा था। उस समय तक वह अपनी तलवार म्यान से पूरी तरह खींच भी नहीं पाया था। अगर और कुछ क्षणों का विलंब होता तो वह निश्चित रूप से दैत्य का पेट फाड़ देता। दैत्य को देख युवक भाग खड़ा हुआ।

साधु के वचन एवं ज्ञान को सुनने के कारण चूँकि दैत्य की जान बच गई थी, इसलिए उसने साधु का धन्यवाद ज्ञापन किया। साधु ने तब उसे शीलवान बनने की शिक्षा दी और उस कन्या को भी मुक्त करने का परामर्श दिया। उस दिन के बाद से दैत्य शीलव्रती बन गया।

□

मणि और राक्षस मक्खी

लुसाई जनजाति के आदिवासियों में यह कथा काफी लोकप्रिय है। बहुत समय पहले गाँव में एक लड़का रहता था। वह अनाथ था। उसके जन्म के कुछ वर्ष बाद ही उसके माता-पिता का देहांत हो गया। अनाथ मणि मेहनत-मजदूरी करके अपना पेट पालता।

जब वह छोटा था तो गाँववाले उसे भोजन दे देते। वह किसी के भी घर में जाकर सो जाता। जब वह बड़ा हुआ तो लोगों ने उसे भोजन और आश्रय देने से इनकार कर दिया। अनाथ मणि उनके तानों से तंग आ गया।

उसने गाँव के एक छोर पर टूटी-फूटी झोंपड़ी बना ली और उसी में रहने लगा। दिन भर खेतों में काम करता और शाम को स्वयं ही खा-पीकर झोंपड़ी में पड़ा रहता। इसके अलावा उसका गाँववालों से कोई और नाता नहीं था।

एक बार गाँव में एक भयंकर राक्षस ने उत्पात मचा दिया। वह राक्षस साँझ ढले गाँव में आता और पशुओं को मारकर खा जाता। बहुत दिन तक गाँववाले पशु-भक्षक की टोह में रहे। अंत में उन्होंने राक्षस का पता पा ही लिया।

वे सब अस्त्र-शस्त्रों से लैस होकर पशुओं के बाड़े में छिप गए।

ज्यों ही राक्षस वहाँ पहुँचा, वे लोग धीमे स्वर में खुसुर-फुसुर करने लगे।

राक्षस सावधान था। वह आहट पाते ही भाग निकला।

सारे गाँववाले एक-दूसरे को दोषी ठहराने लगे। खैर, किसी तरह झगड़ा खत्म हुआ।

एक बार फिर घेरा डालने का निश्चय किया गया।

अगली बार राक्षस आया तो वे बिना आवाज किए बाड़े में पहुँच गए। अपने चारों ओर गाँववालों को देखकर राक्षस ने भागना चाहा, किंतु असफल रहा। उसने अंतिम उपाय के रूप में अपना आकार बढ़ाना शुरू कर दिया। देखते-ही-देखते वह विशाल राक्षस करीब सोलह फीट का हो गया।

अगली बार राक्षस आया तो वे बिना आवाज किए बाड़े में पहुँच गए। अपने चारों ओर गाँववालों को देखकर राक्षस ने भागना चाहा, किंतु असफल रहा। उसने अंतिम उपाय के रूप में अपना आकार बढ़ाना शुरू कर दिया। देखते-ही-देखते वह विशाल राक्षस करीब सोलह फीट का हो गया।

गाँववाले वीर थे। उन्होंने हिम्मत न हारी। वे तलवारों, बल्लमों और लाठियों से उस राक्षस को ताबड़तोड़ मारने लगे। राक्षस दुम दबाकर भागा। सारे गाँववाले चिल्ला रहे थे—

मारो-मारो, आज इसे छोड़ना नहीं।

फिर न खा सके हमारे पशु कहीं।

राक्षस ने भागते-भागते अपना आकार अति सूक्ष्म बना लिया। गाँववाले बहुरुपिए राक्षस का लगातार पीछा कर रहे थे।

राक्षस ने जोर से फूँक मारी तो तेज आँधी चल पड़ी। मैदान की मिट्टी उड़ने से चारों ओर धूल ही धूल हो गई। मौके का फायदा उठाकर राक्षस मणि की झोंपड़ी में जा पहुँचा।

उसने मणि से विनती की, "मुझे गाँववालों से बचा लो, वे मुझे मार डालेंगे।"

मणि भी लाठी उठाकर उस राक्षस पर झपटा, किंतु राक्षस की दयनीय मुद्रा पर उसे तरस आ गया। उसने मन-ही-मन सोचा, 'यदि मैं राक्षस का साथ दूँ तो इसके जरिए गाँववालों से अपने अपमान का बदला ले सकता हूँ।'

मणि भी लाठी उठाकर उस राक्षस पर झपटा, किंतु राक्षस की दयनीय मुद्रा पर उसे तरस आ गया। उसने मन-ही-मन सोचा, 'यदि मैं राक्षस का साथ दूँ तो इसके जरिए गाँववालों से अपने अपमान का बदला ले सकता हूँ।'

मणि ने झट से हामी भर दी। झोंपड़ी तो सुरक्षित न थी। राक्षस एक मक्खी के रूप में मणि के मुँह में चला गया।

गाँववाले वहाँ पहुँचे तो मणि को देखकर पूछा, "क्या तुमने किसी राक्षस को देखा?"

मणि ने साफ इनकार कर दिया। सभी गाँववाले अपना-सा मुँह लिये लौट गए।

मणि ने उनके जाते ही राक्षस को पुकारा—

अजी, बाहर आओ।
मैं तुम्हारे काम आया।
तुम भी मेरे काम आओ।

पेट में से राक्षस मक्खी ने उत्तर दिया—

हम तो यहीं मौज मनाएँगे।

कभी बाहर नहीं आएँगे।

मणि के पाँव तले जमीन खिसक गई। कहाँ तो वह राक्षस से मदद लेने की बात सोच रहा था, कहाँ वह राक्षस उसके ही पीछे पड़ गया। मणि ने सोच-विचारकर ओझा के पास जाने का विचार किया। उसने ओझा को सबकुछ साफ-साफ बता दिया। ओझा क्रोधित हो उठा। गाँववालों के साथ गद्दारी करनेवाले मणि से उसे कोई सहानुभूति न थी।

मणि जोर-जोर से रोकर माफी माँगने लगा। उसने सारे गाँववालों से अपने किए की क्षमा माँगी। ओझा ने कुछ जहरीली जड़ी-बूटियाँ मँगवाई। उन्हें घोंटकर औषधि बनाई और मणि को पीने के लिए दी।

औषधि पीते ही मणि के पेट में बैठी राक्षस मक्खी का काम तमाम हो गया। एक ही उलटी में उसका मृत शरीर मणि के मुँह से बाहर आ गया।

गाँववालों ने राक्षस मक्खी को मिट्टी में दबा दिया। उस शाम राक्षस के मरने की खुशी में गाँव में समारोह का भी आयोजन किया गया। हाँ, उन थिरकते नर्तकों के बीच रंग-बिरंगे वस्त्रों से सजा मणि भी नृत्य कर रहा था। गाँववालों ने उसे एक बार फिर अपना लिया था।

□

राक्षस का भय

एक नगर में भद्रसेन नाम का राजा रहता था। उसकी कन्या रत्नवती बहुत रूपवती थी। उसे हर समय यही डर रहता था कि कोई राक्षस उसका अपहरण न कर ले। उसके महल के चारों ओर पहरा रहता था, फिर भी वह सदा डर से काँपती रहती थी। रात के समय उसका डर और भी बढ़ जाता था।

एक रात एक राक्षस पहरेदारों की नजर बचाकर रत्नवती के महल में घुस गया। महल के एक अँधेरे कोने में जब वह छिपा हुआ था तो उसने सुना कि रत्नवती अपनी एक सहेली से कह रही है, "यह दुष्ट विकाल मुझे हर समय परेशान करता है, इसका कोई उपाय कर।"

राजकुमारी के मुख से यह सुनकर राक्षस ने सोचा कि अवश्य ही विकाल नाम का कोई दूसरा राक्षस होगा, जिससे राजकुमारी इतना डरती है। किसी तरह यह जानना चाहिए कि वह कैसा है ? कितना बलशाली है ? यह सोचकर वह घोड़े का रूप धारण करके अश्वशाला में जा छिपा।

उसी रात कुछ देर बाद एक चोर उस राजमहल में आया। वह वहाँ घोड़ों की चोरी के लिए ही आया था। अश्वशाला में जाकर उसने घोड़ों की देखभाल की और अश्वरूपी राक्षस को ही सबसे सुंदर घोड़ा देखकर वह उसकी पीठ पर चढ़ गया। अश्वरूपी राक्षस ने समझा कि अवश्यमेव

यह व्यक्ति ही विकाल राक्षस है और मुझे पहचानकर मेरी हत्या के लिए ही यह मेरी पीठ पर चढ़ा है। किंतु अब कोई चारा नहीं था। उसके मुख में लगाम पड़ चुकी थी। चोर के हाथ में चाबुक थी। चाबुक लगते ही वह भाग खड़ा हुआ।

कुछ दूर जाकर चोर ने उसे ठहरने के लिए लगाम खींची, लेकिन घोड़ा भागता ही गया। उसका वेग कम होने के स्थान पर बढ़ता ही गया। तब चोर के मन में शंका हुई, यह घोड़ा नहीं बल्कि घोड़े की सूरत में कोई राक्षस है, जो मुझे मारना चाहता है। किसी ऊबड़-खाबड़ जगह पर ले जाकर यह मुझे पटक देगा। मेरी हड्डी-पसली टूट जाएगी।

कुछ दूर जाकर चोर ने उसे ठहरने के लिए लगाम खींची, लेकिन घोड़ा भागता ही गया। उसका वेग कम होने के स्थान पर बढ़ता ही गया। तब चोर के मन में शंका हुई, यह घोड़ा नहीं बल्कि घोड़े की सूरत में कोई राक्षस है, जो मुझे मारना चाहता है। किसी ऊबड़-खाबड़ जगह पर ले जाकर यह मुझे पटक देगा। मेरी हड्डी-पसली टूट जाएगी।

यह सोच ही रहा था कि सामने वटवृक्ष की एक शाखा आई। घोड़ा उसके नीचे से गुजरा। चोर ने घोड़े से बचने का उपाय देखकर शाखा को दोनों हाथों से पकड़ लिया। घोड़ा नीचे से गुजर गया, चोर वृक्ष की शाखा से लटककर बच गया।

उसी वृक्ष पर अश्वरूपी राक्षस का एक मित्र बंदर रहता था। उसने डर से भागते हुए अश्वरूपी राक्षस को बुलाकर कहा, "मित्र! डरते क्यों हो? यह कोई राक्षस नहीं, बल्कि मामूली मनुष्य है। तुम चाहो तो इसे एक क्षण में खाकर हजम कर लो।"

चोर को बंदर पर बड़ा क्रोध आ रहा था। बंदर उससे दूर ऊँची

शाखा पर बैठा हुआ था। किंतु उसकी लंबी पूँछ चोर के मुख के सामने ही लटक रही थी। चोर ने क्रोधवश उसकी पूँछ को अपने दाँतों में भींचकर चबाना शुरू कर दिया। बंदर को पीड़ा तो बहुत हुई, लेकिन मित्र राक्षस के सामने चोर की शक्ति को कम बताने के लिए वह वहाँ बैठा ही रहा। फिर भी, उसके चेहरे पर पीड़ा की छाया साफ नजर आ रही थी।

उसे देखकर राक्षस ने कहा, "मित्र! चाहे तुम कुछ ही कहो, किंतु तुम्हारा चेहरा कह रहा है कि तुम विकाल राक्षस के पंजे में आ गए हो।" यह कहकर वह भाग गया।

सुवर्णसिद्धि बोला, "तो भाई! मुझे भी घर जाने की आज्ञा दो। तुम अपने लोभरूपी वृक्ष का फल यहाँ रहकर चखो।"

चक्रधर बोला, "भाई! यह तो बिना किसी कारण के ही हो गया।" मनुष्य को शुभ-अशुभ फल के भोग भाग्यवश भोगने ही पड़ते हैं।

□

अंगुलिमाल

प्राचीनकाल की बात है। मगध देश की जनता में आतंक छाया हुआ था। अँधेरा होते ही लोग घरों से बाहर निकलने की हिम्मत नहीं जुटा पाते थे, कारण था अंगुलिमाल। अंगुलिमाल एक खूँखार डाकू था, जो मगध देश के जंगल में रहता था। जो भी राहगीर उस जंगल से गुजरता था, वह उसे रास्ते में लूट लेता था और उसे मारकर उसकी एक उँगली काटकर माला के रूप में अपने गले में पहन लेता था। इसी कारण लोग उसे 'अंगुलिमाल' कहते थे।

एक दिन उस गाँव में महात्मा बुद्ध आए। लोगों ने उनका खूब स्वागत-सत्कार किया। महात्मा बुद्ध ने देखा, वहाँ के लोगों में कुछ डर सा समाया हुआ है। महात्मा बुद्ध ने लोगों से इसका कारण जानना चाहा। लोगों ने बताया कि इस डर और आतंक का कारण डाकू अंगुलिमाल है। वह निरपराध राहगीरों की हत्या कर देता है। महात्मा बुद्ध ने मन में निश्चय किया कि उस डाकू से अवश्य मिलना चाहिए।

बुद्ध जंगल में जाने को तैयार हो गए तो गाँववालों ने उन्हें बहुत रोका, क्योंकि वे जानते थे कि अंगुलिमाल के सामने से बच पाना मुश्किल ही नहीं, असंभव भी है। लेकिन बुद्ध अत्यंत शांत भाव से जंगल में चले जा रहे थे। तभी पीछे से एक कर्कश आवाज कानों में पड़ी—"ठहर जा, कहाँ जा रहा है?"

बुद्ध ऐसे चलते रहे मानो कुछ सुना ही नहीं। पीछे से और जोर से आवाज आई, "मैं कहता हूँ, ठहर जा।" बुद्ध रुक गए और पीछे पलटकर देखा तो सामने एक खूँखार काला व्यक्ति खड़ा था। लंबा-चौड़ा शरीर, बढ़े हुए बाल, एकदम काला रंग, लंबे-लंबे नाखून, लाल-लाल आँखें, हाथ में तलवार लिये वह बुद्ध को घूर रहा था। उसके गले में उँगलियों की माला लटक रही थी। वह बहुत ही डरावना लग रहा था।

बुद्ध ने शांत व मधुर स्वर में कहा, "मैं तो ठहर गया। भला तू कब ठहरेगा?"

अंगुलिमाल ने बुद्ध के चेहरे की ओर देखा, उनके चेहरे पर बिल्कुल भय नहीं था, अब तक जिन लोगों को वह रोकता था, वे भय से थर-थर काँपने लगते थे। अंगुलिमाल बोला, "हे संन्यासी! क्या तुम्हें डर नहीं लग रहा है? देखो, मैंने कितने लोगों को मारकर उनकी उँगलियों की माला पहन रखी है।"

अंगुलिमाल ने बुद्ध के चेहरे की ओर देखा, उनके चेहरे पर बिल्कुल भय नहीं था, अब तक जिन लोगों को वह रोकता था, वे भय से थर-थर काँपने लगते थे। अंगुलिमाल बोला, "हे संन्यासी! क्या तुम्हें डर नहीं लग रहा है? देखो, मैंने कितने लोगों को मारकर उनकी उँगलियों की माला पहन रखी है।"

बुद्ध बोले, "तुझसे क्या डरना? डरना है तो उससे डरो, जो सचमुच ताकतवर है।" अंगुलिमाल जोर से हँसा, "हे साधु! तुम समझते हो कि मैं ताकतवर नहीं हूँ। मैं तो एक बार में दस-दस लोगों के सिर काट सकता हूँ।"

बुद्ध बोले, "यदि तुम सचमुच ताकतवर हो तो जाओ, उस पेड़ के दस पत्ते तोड़ लाओ।" अंगुलिमाल ने तुरंत दस पत्ते तोड़े और बोला,

"इसमें क्या है? कहो तो मैं पेड़ ही उखाड़ लाऊँ।" महात्मा बुद्ध ने कहा, "नहीं, पेड़ उखाड़ने की जरूरत नहीं है। यदि तुम वास्तव में ताकतवर हो तो जाओ इन पत्तियों को पेड़ में जोड़ दो।" अंगुलिमाल क्रोधित हो गया और बोला, "भला कहीं टूटे हुए पत्ते भी जुड़ सकते हैं!" महात्मा बुद्ध ने कहा, "तुम जिस चीज को जोड़ नहीं सकते, उसे तोड़ने का अधिकार तुम्हें किसने दिया?"

एक आदमी का सिर जोड़ नहीं सकते तो काटने में क्या बहादुरी है? अंगुलिमाल अवाक् रह गया। वह महात्मा बुद्ध की बातों को सुनता रहा। एक अनजानी शक्ति ने उसके हृदय को बदल दिया। उसे लगा कि सचमुच उससे भी ताकतवर कोई है। उसे आत्मग्लानि होने लगी।

वह महात्मा बुद्ध के चरणों में गिर पड़ा और बोला, "हे महात्मन! मुझे क्षमा कर दीजिए। मैं भटक गया था। आप मुझे शरण में ले लीजिए।" भगवान् बुद्ध ने उसे अपनी शरण में ले लिया और अपना शिष्य बना लिया।

□

राक्षस और राजकुमार

एक राजा की तीन बेटियाँ थीं। तीनों बेहद खूबसूरत थीं। सबसे बड़ी बेटी का नाम आहना, उससे छोटी का नाम याना और सबसे छोटी का नाम सारा था। एक बार तीनों अपने राज्य के जंगल में घूमने निकलीं। अचानक तूफान आ गया। उनके साथ आया सुरक्षा दल इधर-उधर बिखर गया। वे तीनों जंगल में भटक गई थीं।

थोड़ी दूर चलने पर उन्हें एक महल दिखाई दिया। अंदर जाकर देखा तो वहाँ कोई नहीं था। उन्होंने वहाँ विश्राम किया और टेबल पर रखा भोजन खा लिया। सुबह होते ही सारा उस महल के बगीचे में घूमने निकल गई। सारा ने वहाँ गुलाब देखे और बिना कुछ सोचे उन्हें तोड़ लिया। उसके फूल तोड़ते ही उस पौधे में से एक राक्षस बाहर आ गया, उसने सारा से कहा कि मैंने तुम्हें रहने के लिए घर और खाने के लिए भोजन दिया और तुमने मेरे ही पसंदीदा फूल तोड़ दिए। अब मैं तुम तीनों बहनों को मार डालूँगा।

सारा बहुत डर गई, उसने विनती की, लेकिन राक्षस नहीं माना। फिर राक्षस ने एक शर्त रखी कि तुम्हारी बहनों को जाने दूँगा, पर तुम्हें यहीं रुकना होगा। सारा ने यह शर्त मान ली और राक्षस के साथ रहने लगी। राक्षस के अच्छे व्यवहार से धीरे-धीरे उनके बीच दोस्ती हो गई।

एक दिन राक्षस ने सारा को उसके साथ शादी करने के लिए कहा। सारा न तो हाँ कर पाई और न ही मना। राक्षस ने इस बात के लिए कभी उस पर कोई दबाव नहीं डाला।

उस राक्षस के पास एक जादुई आईना था। एक बार सारा ने जादुई आईने में देखा कि उसके पिता की तबीयत ठीक नहीं है। वह रोने लगी। यह देख राक्षस ने उसे सात दिन के लिए अपने घर जाने की इजाजत दे दी। उस राक्षस की इजाजत लेकर सारा अपने घर पहुँची। उसके पिता ने उसे देखा तो वह बहुत खुश हुए और सारा अपने परिवार के साथ खुश रहने लगी। उसके पिता की तबीयत भी ठीक हो गई। सारा को पता ही नहीं चला, कब सात दिन बीत गए। और फिर एक दिन सारा ने सपना देखा कि राक्षस बीमार है और उसे बुला रहा है।

सारा अगले ही दिन सबसे विदा लेकर वापस राक्षस के पास पहुँची। वहाँ जाकर उसने देखा कि राक्षस जमीन पर पड़ा हुआ है। यह देख सारा रोते हुए उसके पास गई। उसे गले लगाकर बोली, "उठो, मैं तुमसे प्यार करती हूँ और तुमसे शादी करना चाहती हूँ।" यह सुनते ही राक्षस एक सुंदर राजकुमार में बदल गया। वह बोला, "मैं यही शब्द सुनने का इंतजार कर रहा था।"

उसने बताया कि एक बुरी औरत ने उसे शाप दिया था और कहा था कि जब तक उसे उसका प्यार नहीं मिल जाता, वह इसी हाल में तड़पता रहेगा। इसके बाद राजकुमार और राजकुमारी ने शादी कर ली और दोनों खुशी-खुशी रहने लगे।

□

जिंदा भूत

एक दिन राजू के मन में आया कि लोगों को भूत बनकर डराया जाए। वह साँस रोककर बैठ गया। उसकी पत्नी ने उसको हिलाया-डुलाया, लेकिन राजू चुपचाप आँख बंद किए बैठा रहा। "हे भगवान्! लगता है, ये सचमुच मर गए।" वह रोती हुई बाहर निकली और पास-पड़ोस वालों को बुला लाई। राजू उसी तरह बिना साँस लिए, बिना हिले-डुले बैठा था। पड़ोसियों ने भी समझा कि राजू मर गया है। "अब इसका दाह-संस्कार करना चाहिए।" वे बोले।

वे राजू को लेकर नदी किनारे आए। उसे लकड़ियों के ढेर पर लेटा दिया। फिर उसके ऊपर और लकड़ियाँ रख दीं। राजू ने जब देखा कि पड़ोसी चिता में आग लगाने जा रहे हैं तो वह लकड़ियाँ फेंककर उठ खड़ा हुआ। जब पड़ोसियों ने राजू को इस तरह उठकर खड़ा होते देखा तो भूत···भूत···चिल्लाते हुए गाँव की तरफ भागे। राजू उनके पीछे रुको···रुको···कहते हुए भागा। गाँव पहुँचकर वे बोले, "राजू मरकर भूत बन गया है और गाँव की तरफ आ रहा है।" इतना सुनना था कि सारे गाँववाले अपने घरों में घुस गए और दरवाजे बंद कर लिये। जब राजू गाँव में पहुँचा तो वहाँ सन्नाटा छाया था। राजू अपने घर की तरफ चल दिया। राजू की पत्नी नागम्मा ने भी सुन लिया था कि उसका पति भूत

बन गया है। उसने भी जल्दी से घर का दरवाजा बंद करके कुंडा लगा लिया। घर पहुँचकर राजू बोला, "नागम्मा, दरवाजा खोलो, मैं राजू हूँ।"

"तुम राजू नहीं, राजू के भूत हो। कृपा करके यहाँ से चले जाओ। मैं तुम्हारा बहुत अच्छी तरह से श्राद्ध कर दूँगी और ब्राह्मणों को भोजन भी करवाऊँगी। बस तुम यहाँ से चले जाओ।" राजू दरवाजा खटखटाता रहा, पर नागम्मा ने दरवाजा नहीं खोला।

"अप्पा, अब मैं क्या करूँ? मेरी पत्नी भी मेरा विश्वास नहीं कर रही कि मैं भूत नहीं हूँ।" राजू ने सारे दिन कुछ नहीं खाया था। अब उसे बहुत जोर की भूख लगी थी। "मुझे कौन भोजन देगा, जब मेरी पत्नी भी मुझे भूत समझ रही है?" वह चलते-चलते गाँव के मंदिर पर पहुँचा। "चलो रात यहीं काट लेता हूँ। सुबह जब पुजारी प्रसाद चढ़ाने आएगा तो उससे प्रसाद लेकर खा लूँगा।" राजू मूर्ति के पीछे छिपकर बैठ गया और पुजारी की प्रतीक्षा करने लगा।

"अप्पा, अब मैं क्या करूँ? मेरी पत्नी भी मेरा विश्वास नहीं कर रही कि मैं भूत नहीं हूँ।" राजू ने सारे दिन कुछ नहीं खाया था। अब उसे बहुत जोर की भूख लगी थी। "मुझे कौन भोजन देगा, जब मेरी पत्नी भी मुझे भूत समझ रही है?" वह चलते-चलते गाँव के मंदिर पर पहुँचा।

रात बीती, सुबह हुई। गाँववालों ने धीरे से अपने-अपने दरवाजे खोले और बाहर झाँका। राजू का भूत कहीं दिखाई नहीं दिया। सब लोग घरों से बाहर आ गए और अपने काम-धंधों में लग गए। पुजारी भी प्रसाद बनाने लगा। प्रसाद बनाया, बड़े बनाए, लड्डू बनाए। फिर सारा प्रसाद एक थाली में सजाकर मंदिर की तरफ चल दिया। मंदिर में पहुँचकर उसने प्रसाद की थाली एक ओर रख दी, फिर कुएँ से बालटी

निकाली और मंदिर धोने लगा। तभी राजू मूर्ति के पीछे से निकला और बोला, "स्वामी, आज आपने बड़ी देर कर दी। मैं कब से आपकी प्रतीक्षा कर रहा हूँ।" इतना सुनना था कि पुजारी बालटी पटककर गाँव की तरफ भागा। उसके पीछे-पीछे राजू स्वामी···स्वामी···कहता हुआ। गाँववालों ने जब राजू को पुजारी के पीछे आते देखा तो फिर से घरों में घुस गए और दरवाजे बंद कर लिये। राजू एक बार फिर अपने घर गया, लेकिन नागम्मा ने दरवाजा नहीं खोला।

राजू मंदिर में लौट आया और पुजारी जो प्रसाद लाया था, उसे खाकर अपनी भूख मिटाई। पेट भर जाने के बाद राजू ने अपनी तरफ देखा। उसकी वेष्टि फट गई थी, शरीर धूल-मिट्टी से सना था, बाल बिखरे थे। 'लोग ठीक ही मुझे भूत समझते हैं, मेरी हालत तो देखो!' वह बोला, 'सबसे पहले रमैया धोबी से साफ कपड़े माँगकर पहनना होगा।'

राजू मंदिर में लौट आया और पुजारी जो प्रसाद लाया था, उसे खाकर अपनी भूख मिटाई। पेट भर जाने के बाद राजू ने अपनी तरफ देखा। उसकी वेष्टि फट गई थी, शरीर धूल-मिट्टी से सना था, बाल बिखरे थे। 'लोग ठीक ही मुझे भूत समझते हैं, मेरी हालत तो देखो!' वह बोला, 'सबसे पहले रमैया धोबी से साफ कपड़े माँगकर पहनना होगा।' ऐसा सोचकर राजू नदी किनारे पहुँचा। रमैया धोबी अभी आया नहीं था। राजू कपड़े धोने की भट्ठी में छिपकर बैठ गया।

उस दिन राजा का कोतवाल घोड़े पर बैठकर गाँव का निरीक्षण करने आया था। उसने देखा कि गाँववाले बजाय अपना काम-धंधा करने के घरों में बैठे हैं। उसने दरवाजा खटखटाकर गाँववालों को बाहर बुलाया और पूछा, "काम-धंधे के समय तुम लोग घरों में क्यों बैठे हो?"

"राजू चरवाहा मरकर भूत बन गया है और गाँव में घूम रहा है। उसके डर से हम घरों में बैठे हैं।" गाँववालों ने उत्तर दिया।

"कोई भूत-वूत नहीं होता। चलो, सब लोग अपना-अपना काम शुरू करो।" कोतवाल ने डाँटा। सब लोग एक बार फिर घरों से निकलकर अपने-अपने काम पर लग गए। रमैया धोबी भी घाट की तरफ चल दिया। कोतवाल को अपने कपड़े धुलवाने थे, इसलिए वह भी घोड़े पर सवार नदी की तरफ चल दिया। जैसे ही दोनों घाट पर पहुँचे, राजू भट्ठी में से उठकर खड़ा हो गया और बोला, "अरे रमैया अप्पा, कहाँ थे अब तक ? मैं कब से भट्ठी में बैठा तुम्हारी प्रतीक्षा कर रहा हूँ।" इतना सुनना था कि रमैया सिर पर पैर रखकर गाँव की ओर भागा। कोतवाल भी सरपट घोड़ा दौड़ाता गाँव से दूसरी तरफ भागा। गाँववाले फिर घरों में घुस गए।

राजू ने धोबी के कपड़ों में से एक साफ वेष्टि और एक कमीज निकाली। फिर नदी में जाकर नहाया, साफ कपड़े पहने और अपने घर की तरफ चल दिया। घर पहुँचकर उसने दरवाजा खटखटाया और बोला, "नागम्मा, दरवाजा खोलो। मैं भूत नहीं हूँ। अरे, जब मैं मरा ही नहीं तो भूत कैसे बन सकता हूँ ?"

राजू ने धोबी के कपड़ों में से एक साफ वेष्टि और एक कमीज निकाली। फिर नदी में जाकर नहाया, साफ कपड़े पहने और अपने घर की तरफ चल दिया।

घर पहुँचकर उसने दरवाजा खटखटाया और बोला, "नागम्मा, दरवाजा खोलो। मैं भूत नहीं हूँ। अरे, जब मैं मरा ही नहीं तो भूत कैसे बन सकता हूँ ?"

"हमने तुम्हें मरा हुआ देखा था," नागम्मा अंदर से बोली, "न तुम

साँस ले रहे थे, न हिल-डुल रहे थे।"

"मैं समझा था कि मैं मर रहा हूँ, इसलिए मैं साँस रोककर बिना हिले-डुले लेट गया था।" राजू ने कहा, "असल में एक यात्री ने मुझे एक सूत का धागा दिया था और कहा था जिस दिन यह धागा खो जाएगा, उस समय मैं मरनेवाला हूँ। तुम दरवाजा खोलकर देखो तो। मैं मरा नहीं हूँ, जीवित हूँ।"

नागम्मा ने धीरे-धीरे दरवाजा खोला। सामने राजू नहाया-धोया, साफ वेष्टि और कमीज पहने खड़ा था। 'यह भूत नहीं लग रहा,' नागम्मा ने सोचा। फिर उसने हाथ बढ़ाकर राजू को छुआ और जोर से चिकोटी काटी। "अप्पा!" राजू चिल्लाया। नागम्मा समझ गई कि राजू भूत नहीं है। उसने जल्दी से दरवाजा खोलकर उसे अंदर कर लिया। उसे भरपेट खाना खिलाया। राजू खा-पीकर सो गया। नागम्मा गाँव की तरफ चल दी सबको बताने के लिए कि राजू भूत नहीं है।

□

दुष्ट शेर

एक अय्यर ब्राह्मण घने वन से गुजर रहा था। तभी उसकी नजर पिंजरे पर पड़ी। पिंजरे में एक शेर बंद था। शेर ने ब्राह्मण से विनती की—"आप मुझे पिंजरे से निकाल दें। भूख-प्यास से मेरी जान जा रही है। मैं कुछ खा-पीकर पुनः पिंजरे में लौट आऊँगा।" ब्राह्मण महाशय परेशान हो गए। यदि पिंजरा खोलते हैं तो शेर उन्हें खा सकता है। यदि नहीं खोलते हैं तो बेचारा पशु मारा जाएगा। अंत में उनकी दयालुता की जीत हुई। उन्होंने पिंजरे का दरवाजा खोल दिया।

शेर बाहर आते ही गरजकर बोला, "मूर्ख मनुष्य, तूने गलती की है। उसकी सजा भुगत। मैं तुझे ही खाऊँगा।" ब्राह्मण भय के कारण थर-थर काँपने लगा। परंतु मन-ही-मन वह बचने का उपाय भी सोच रहा था। जैसे ही शेर ने झपट्टा मारने की कोशिश की, ब्राह्मण ने हिम्मत बटोरकर काँपते स्वर में कहा, "खाने से पहले मुझको चार लोगों से सलाह लेनी है—

यदि वे कहें कि
यही न्याय है
तो मैं स्वयं काटूँगा
अपना गला।"

अब जंगल में और लोग कहाँ से आते? चार वन्य प्राणियों से राय लेने का निश्चय हुआ। एक बूढ़ा सा ऊँट सामने से गुजरा तो उससे राय पूछी गई। वह मुँह बिचकाकर बोला, "अरे, ये इनसान कहीं दया के योग्य होते हैं? मेरे मालिक को ही देखो, मैं जवान था तो खूब काम करता था। अब शरीर में ताकत नहीं है तो वह मुझे डंडों से मारता है।" शेर की आँखें खुशी से चमकने लगीं। किंतु अभी तीन जजों की सलाह और लेनी थी।

अब जंगल में और लोग कहाँ से आते? चार वन्य प्राणियों से राय लेने का निश्चय हुआ। एक बूढ़ा सा ऊँट सामने से गुजरा तो उससे राय पूछी गई। वह मुँह बिचकाकर बोला, "अरे, ये इनसान कहीं दया के योग्य होते हैं? मेरे मालिक को ही देखो, मैं जवान था तो खूब काम करता था। अब शरीर में ताकत नहीं है तो वह मुझे डंडों से मारता है।"

पास में ही बरगद का विशाल वृक्ष था। उसे भी अपने मन की भड़ास निकालने का अवसर मिल गया। लंबी बाँहें फैलाकर बोला, "मनुष्य बहुत लोभी होता है। सूरज की तपती धूप से मैं इसकी रक्षा करता हूँ। सारी दोपहर मेरी छाँव में बिताकर यह शाम को मेरी टहनियाँ काटकर ले जाता है। मेरी राय में तो सभी मनुष्यों को जान से मार देना चाहिए।" यह उत्तर सुनकर ब्राह्मण की आँखों के आगे अँधेरा छाने लगा।

तभी ढेंचू-ढेंचू की आवाज सुनाई दी। ब्राह्मण को कुछ आशा बँधी। एक लँगड़ा गधा रेंकता हुआ उसी ओर आ रहा था। शेर ने उनसे भी प्रश्न किया। क्या वह ब्राह्मण को खा सकता है? गधेराम तो पहले से ही जले-भुने बैठे थे। शायद अभी पिटाई खाकर आ रहे थे। गुस्से से भरकर बोले, "देखो न, मैं दिन भर मालिक का बोझा ढोता हूँ। मैं उफ तक नहीं

करता। जो भी रूखा-सूखा मिल जाता है, वह खुशी से खा लेता हूँ, पर आज ··· ।" कहकर वह रोने लगा। शेर को गधे से क्या लेना-देना था? उसने अपना प्रश्न दुहराया, "क्या ब्राह्मण को खा लूँ?" गधे ने आँसू पोंछकर कहा, "अवश्य मेरे मित्र, इसे बिल्कुल मत छोड़ना। इन मनुष्यों ने हमारी नाक में दम कर रखा है।"

अब एक ही पशु की राय और लेनी थी। शेर की निगाहें तेजी से इधर-उधर दौड़ने लगीं। एक लोमड़ी वहीं खड़ी होकर सबकुछ देख रही थी। वह पास आई और बोली, "फैसला तो मैं कर दूँगी, पर पहले अपने-अपने स्थान पर खड़े हो जाओ। मुझे तो विश्वास ही नहीं होता कि इतना बड़ा शेर पिंजरे में कैसे समा सकता है? शेर ने जोश में आकर छलाँग लगाई और पिंजरे में जा पहुँचा।"

लोमड़ी ने झट से दरवाजा बंद कर दिया और ब्राह्मण से बोली, "आप अपने घर जाएँ और जंगली पशुओं से बचकर रहें। इस शेर की हरकतों से तंग आकर ही इसे बंद किया गया था। आगे से बिना सोचे-समझे कोई काम मत करना।" ऐसा कहकर लोमड़ी जंगल में लौट गई।

दुष्ट शेर ने पिंजरे में ही भूख-प्यास से दम तोड़ दिया। उसे उसके किए की सजा मिल गई थी।

□

भूत की मुसीबत

बहुत साल पहले एक छोटे से गाँव में एक गरीब ब्राह्मण अपनी पत्नी के साथ रहता था। उसका नाम था बाचू और पत्नी का राना। बाचू देवी का परम भक्त था। वह सुबह-शाम पूजा करता था और उसके बाद ही अन्न-जल ग्रहण करता था। अपनी पत्नी के साथ छोटा-मोटा काम करके वह अपना जीवन निर्वाह करता था। पर वह कितनी भी मेहनत करता, फिर भी आज तक उसे एक दिन भी पेट भरकर खाना नहीं मिला था।

गाँव के जमींदार सुबोध बाबू के घर बेटा पैदा हुआ, उसी खुशी में सुबोध बाबू ने अपनी हवेली में पूरे गाँव को न्योता दे दिया और ऐलान करवाया, "किसी के घर चूल्हा नहीं जलेगा।" सुनते ही बाचू को तो मन की मुराद मिल गई। उसने अपनी पत्नी से कहा, "वह जरूर जाएगा।" अगले ही पल उसे अपनी दरिद्रता याद आई। वह सोचने लगा, 'एक तो हवेली जाने लायक उसके पास ढंग के कपड़े नहीं हैं, जो हैं उनमें भी पैबंद लगे हुए हैं और बुरी हालत में हैं और न ही बच्चे को देने के लिए शगुन ही है।' पत्नी ने तुरंत बाचू के पुराने कपड़े सिल दिए और साफ पानी से मलकर धो दिए। फिर बाचू से बोली, "अच्छे से जाइए, वे बड़े लोग हैं, आपका आशीर्वाद ही उनके लिए बहुत है।" दूसरे दिन बाचू

सुबह जल्दी उठकर नहाया और जल्दी पूजा करके थोड़ा सा गुड़ और एक लोटा पानी पीकर हवेली के लिए चल पड़ा। बाचू जल्दी हवेली पहुँचना चाहता था। हवेली पहुँचते-पहुँचते शाम हो गई, पर बाचू को खाने की जगह मिल ही गई। चारों तरफ स्वादिष्ट खाने की सुगंध फैली थी। मगन होकर बाचू खाने का आनंद उठा रहा था। इससे बढ़िया खाने की वह कल्पना भी नहीं कर सकता था। एक दही की हाँड़ी उसके सिर के ऊपर लटकी हुई थी। आते-जाते किसी का सिर हँड़िया से टकराया और हाँड़ी अचानक टूटकर बाचू के पत्तल पर गिरी। सारा खाना खराब हो गया। हाथ धोकर दुःखी मन से पत्तल उठाकर वह चल पड़ा।

बाचू मरा-मरा सा जा रहा था। रास्ते में सुबोध बाबू ने पूछा, "बाचू मोशाय, खाना ठीक से खाया न?" बाचू ने आज का वाकया और अपनी दरिद्रता की पूरी बात बता दी, जिसे सुनकर सुबोध बाबू बहुत दुःखी हुए। उन्होंने बाचू से रात को रुकने का अनुरोध किया और कहा कि कल वह अपनी निगरानी में खाना बनवाएँगे, उसे खाए बिना वह न जाए। रात भर बाचू यही सोचता रहा कि सुबह एक बार फिर खूब स्वादिष्ट खाना खाने को मिलेगा। कुछ भी हो जाए, इस बार तो पूरा पेट भरकर खाना खाऊँगा। यही सोचते हुए सुबह और जल्दी उठा। नहाकर नए कपड़े पहने, पूजा-अर्चना करने के बाद

बाचू मरा-मरा सा जा रहा था। रास्ते में सुबोध बाबू ने पूछा, "बाचू मोशाय, खाना ठीक से खाया न?" बाचू ने आज का वाकया और अपनी दरिद्रता की पूरी बात बता दी, जिसे सुनकर सुबोध बाबू बहुत दुःखी हुए। उन्होंने बाचू से रात को रुकने का अनुरोध किया और कहा कि कल वह अपनी निगरानी में खाना बनवाएँगे, उसे खाए बिना वह न जाए।

खाने के लिए तैयार हो गया। थोड़ी देर में सुबोध बाबू की देखरेख में तैयार खाना बाचू को परोसा गया।

बाचू अपने आप को सौभाग्यशाली महसूस कर रहा था। आज वह खास मेहमान है। इतना खाना सिर्फ उसके लिए ही बना है। वह खूब चाव से खाना खा रहा था। पहली बार पेट तो भर गया, पर मन नहीं भरा था। खाना और बातें चल रही थीं।

बाचू अपने आप को सौभाग्यशाली महसूस कर रहा था। आज वह खास मेहमान है। इतना खाना सिर्फ उसके लिए ही बना है। वह खूब चाव से खाना खा रहा था। पहली बार पेट तो भर गया, पर मन नहीं भरा था। खाना और बातें चल रही थीं।

हवेली के बाहर पीपल के पेड़ पर एक पीला भूत अपनी पत्नी व बेटे के साथ रहता था। भूत बड़ा शैतान था, उसने बाचू को इतनी देर से खाना खाते देखा तो उसे शरारत सूझी। उसने झट से खुद को एक छोटा सा मेढक बनाया और पत्तल में रखे हुए भात में कूद गया। बाचू बातों व खाने में इतना मगन था कि उसे पता ही नहीं चला और मेढक को बाचू भात के साथ पेट में निगल गया। तृप्त होकर और दान-दक्षिणा लेकर खुशी-खुशी बाचू घर को निकल पड़ा।

रास्ते में मेढक बाचू के पेट में कूद-फाँद करने लगा तो बेचारे बाचू ने सोचा, 'जिंदगी में पहली बार तो पेट भरकर खाना खाया है। शायद इसलिए पेट में अगड़म-बगड़म हो रहा है।' पेट में मेढक ने थोड़ी देर कूद-फाँद की, फिर उसने बाचू के पेट में गुदगुदी करनी शुरू कर दी। बाचू ने हँसते-हँसते ठाकुर को हाथ जोड़कर धन्यवाद किया कि बड़े दिन बाद हँसाया भगवान्। भूत ने सोचा, 'यह क्या हो रहा है ? मैंने इसके पेट

में इतनी उठा-पटक और धमा-चौकड़ी मचाई। पूरे पेट में इतनी गुदगुदी करने पर भी इसे कोई फर्क नहीं पड़ रहा है तो मेरा क्या काम? अब चलना चाहिए।'

भूत ने धीरे से आवाज दी, "मुझे जाने दो।" बाचू ने सोचा, शायद पीछे से कोई बोल रहा है। कुछ देर बाद भूत थोड़ा जोर से बोला। इस पर बाचू थोड़ा डर गया। वह मन-ही-मन ईश्वर को याद करने लगा। इस पर भूत जोर से बोला, "भइया, मैं आपके पेट में हूँ। गलती से चला गया हूँ। अब बाहर आना चाहता हूँ।" अब तो बाचू की साँस रुकने लगी, वह घबराकर भागने लगा। इससे पेट में भूत की भी साँस फूलने लगी। थोड़ी देर बाद बाचू कुछ सामान्य हुआ तो उसे उस भूत पर बड़ा गुस्सा आया। वह गुस्से से बड़बड़ाया, "तुम पेट से परेशान हो रहे हो तो मेरी बला से!" जल्दी से घर पहुँचकर उसने अपनी पत्नी को बुलाया और कहा, "मेरा हुक्का खूब गरम करके लाओ।" देखते-ही-देखते गरम हुक्का आ गया तो बाचू ने हुक्के को खूब जोर से गुड़गड़ाया। दो-तीन गुड़गुड़ाहट के बाद धुआँ भूत की आँख-नाक में खूब घुस गया। पेट में भूत का खाँसते-खाँसते और आँखें पोंछते-पोंछते बुरा हाल हो गया। अब भूत अपनी शरारत पर बड़ा पछता रहा था।

भूत ने धीरे से आवाज दी, "मुझे जाने दो।" बाचू ने सोचा, शायद पीछे से कोई बोल रहा है। कुछ देर बाद भूत थोड़ा जोर से बोला। इस पर बाचू थोड़ा डर गया। वह मन-ही-मन ईश्वर को याद करने लगा। इस पर भूत जोर से बोला, "भइया, मैं आपके पेट में हूँ। गलती से चला गया हूँ। अब बाहर आना चाहता हूँ।"

वहाँ जब काफी देर हो गई और भूत वापस नहीं आया तो उसकी

पत्नी और बेटा परेशान हो गए। भूतनी ने जल्दी से एक सुंदरी का रूप बनाया और जा पहुँची बाचू के घर। हाथ जोड़कर पति की गलती की माफी माँगते हुए आजादी की गुहार लगाई। उसे देखते ही बाचू का गुस्सा सातवें आंसमान पर पहुँच गया। उसने पास में पड़ा डंडा जोर से जमीन पर पटका और उसकी तरफ दौड़ा और चिल्लाया, "उस समय कहाँ थी, जब तुम्हारा पति मेरे पेट में गया था। मेरा सारा धर्म भ्रष्ट कर दिया और जब से पेट में है, मुझे तंग कर रहा है। मैंने तो डंडा रखा है, तुम्हारे पति के लिए। उसने जरा सा निकलने की कोशिश की तो डंडे से मार-मारकर उसका भुरता बना दूँगा। भागो यहाँ से, नहीं तो तुम्हारा भी वही हाल करूँगा। बड़ी आई भूत की वकालत करने! मेरे पेट में तुमसे पूछकर गया था।" बेचारी भूतनी अपना सा मुँह लेकर वापस लौट गई। माँ को अकेले देखकर बेटा समझ गया, पिताजी को लाने में माँ को सफलता नहीं मिली। इस पर छोटे भूत ने माँ से कहा, "मैं जा रहा हूँ और पिताजी को लेकर आऊँगा।"

वह एक मासूम बच्चे का रूप बनाकर बाचू के घर पहुँच गया। उसने हाथ जोड़ विनती की कि मेरे पिताजी को छोड़ दो। बच्चे को देखकर भी बाचू का गुस्सा शांत होने का नाम नहीं ले रहा था। उसने फिर अपना डंडा उठाया और भागा बच्चे की ओर। बच्चा तो सरपट भाग गया, पर अपनी शैतानी पर पेट वाला भूत बहुत पछताता रहा था।

वह एक मासूम बच्चे का रूप बनाकर बाचू के घर पहुँच गया। उसने हाथ जोड़ विनती की कि मेरे पिताजी को छोड़ दो। बच्चे को देखकर भी बाचू का गुस्सा शांत होने का नाम नहीं ले रहा था। उसने फिर अपना डंडा उठाया और भागा बच्चे की ओर। बच्चा तो सरपट

भाग गया, पर अपनी शैतानी पर पेट वाला भूत बहुत पछताता रहा था। जब छोटे भूत ने देखा कि उसकी दाल नहीं गल रही है तो फौरन उसे एक उपाय सूझा। उसने खुद को एक मच्छर के रूप में ढाला और पहुँच गया फिर बाचू के पास। उसने भी शरारत शुरू कर दी। कभी बाचू के गाल को काटता तो बाचू उसे भगाने के लिए अपने ही मुँह पर थप्पड़ मार लेता था। कभी मच्छर उसके कान के आसपास, कभी उसके कान में घूँ-घूँ करता। बाचू जितना झल्लाता, मच्छर को उतना ही मजा आता। थोड़ी देर बाद मच्छर बाचू की नाक में घुस गया। अब तो बाचू की नाक में सुरसुरी-घुरघुरी सब होने लगी। आ···छप···आ···छप···करते-करते उसका बुरा हाल हो गया। इस बार छपक इतनी तेज थी कि पेट का मेढक वाला भूत मुँह के रास्ते बाहर कूद गया और सरपट भागकर चैन की साँस ली।

□

भूत आया

जनजातीय क्षेत्रों में रहनेवाले लोग जंगली पशुओं से प्रेम करते हैं। जंगलों से उनका बहुत गहरा नाता है। वे पशुओं का मांस भी खाते हैं, साथ ही उनको अपना मित्र भी मानते हैं।

लाखेर जाति में बंदर को एक समझदार और भावुक जानवर के रूप में जाना जाता है। बंदरों के विषय में वहाँ बहुत सी लोककथाएँ भी प्रचलित हैं।

यह कहानी आज भी बहुत शौक से सुनी-सुनाई जाती है। एक बार एक गरीब किसान के घर खाने को कुछ न था। उसकी पत्नी ने सलाह दी कि वह कुछ केकड़े पकड़ लाए। किसान थैला उठाए चल दिया।

सारा दिन बेचारा केकड़ों की टोह में घूमता रहा। अंत में थककर एक पेड़ के नीचे सो गया। केकड़ों वाला थैला पास ही पड़ा था।

बंदरों का एक दल सुबह से उसकी परेशानी देख रहा था। एक दयालु बंदर ने सबको सुझाव दिया—"क्यों न हम इस किसान के थैले को केकड़ों से भर दें! वह उन्हें देखेगा तो खुश हो जाएगा।"

सभी बंदर फुरती से इस काम में जुट गए। कुछ ही देर में थैला भर गया। बंदर उसे आदमी के पास रखकर पेड़ों की आड़ में छिप गए। वे

उस किसान के चेहरे पर छाई खुशी देखना चाहते थे।

करीब दो घंटे बीतने पर भी थके हुए किसान की नींद नहीं टूटी। न ही उसने करवट बदली। दल का बंदर नेता बोला, "लगता है, यह आदमी मर गया।"

सारे बंदर दुःखी हो गए। उन्होंने तय किया कि वे मरे हुए किसान को उसके घर छोड़ आएँगे। नहीं तो उसकी पत्नी उसे ढूँढ़ती रहेगी। सभी बंदरों ने किसान को बहुत सँभालकर प्यार से उठाया और घर ले चले। ज्यों ही उन्होंने किसान को घर के दरवाजे पर उतारा और लौटे, तभी किसान की नींद खुल गई। अपने आपको और भरे हुए थैले को पाकर किसान समझ गया कि यह मेहरबानी बंदरों की थी।

सारे बंदर दुःखी हो गए। उन्होंने तय किया कि वे मरे हुए किसान को उसके घर छोड़ आएँगे। नहीं तो उसकी पत्नी उसे ढूँढ़ती रहेगी। सभी बंदरों ने किसान को बहुत सँभालकर प्यार से उठाया और घर ले चले। ज्यों ही उन्होंने किसान को घर के दरवाजे पर उतारा और लौटे, तभी किसान की नींद खुल गई।

उसने अपनी पत्नी को बंदरों के बारे में बताया। अगले दिन उसकी पत्नी ने पड़ोसिनों से कहा और इस तरह शाम तक पूरे गाँव में बंदरों की दयालुता की चर्चा होने लगी।

गाँव का एक अन्य युवक बहुत आलसी और कामचोर था। दिन भर चारपाई पर सोता। काम के नाम पर उसकी नानी मरती। उसने योजना बनाई कि वह भी किसान की तरह खाली थैला लेकर जाएगा। बंदर उसे घर भी पहुँचा देंगे और थैला भी भर देंगे।

अगले दिन वह फटे-पुराने वस्त्रों में वहाँ जा पहुँचा और पेड़ के

नीचे सोने का बहाना करके पड़ गया। बंदरों ने उसका भी खाली थैला केकड़ों से भर दिया। चालाक युवक दम साधे पड़ा रहा। दल का बंदर नेता उसे देखकर बोला, "लगता है, यह भी मर गया।"

"चलो बेचारे को घर पहुँचा आएँ।" कहकर बंदरों ने उसे प्यार से उठा लिया। मन-ही-मन उस युवक को बहुत हँसी आ रही थी। वह सोच रहा था—कैसा मूर्ख बनाया, मजा आ गया।

बंदर जब उसे एक तीखी ढलान से लेकर उतरने लगे तो वह घबरा गया। वह डर गया कि कहीं बंदर उसे गिरा न दें। वह आँखें खोले बिना चिल्लाया, "सँभालकर ले जाना, कहीं गिरा न देना।"

उसकी आवाज सुनकर बंदरों ने समझा कि मरे हुए आदमी की आत्मा बोल रही है। वे बंदर 'भूत-भूत' पुकारते हुए भाग खड़े हुए। आलसी और चालाक युवक ढलान पर लुढ़कता चला गया और दम तोड़ दिया।

देखा आपने, दूसरों से छल करने पर ईश्वर कैसा दंड देता है!

□

मछुआरा और जादुई मछली

नदी के किनारे सोनपुर नामक एक गाँव था। उस गाँव में रामू नामक एक मछुआरा रहता था। रामू सीधा-सादा तथा ईमानदार व्यक्ति था, किंतु उसकी पत्नी एक चालाक तथा लालची स्त्री थी। रामू की आयु लगभग पचास साल की थी, किंतु दारिद्र्य तथा चिंता ने उसे समय से पहले ही बूढ़ा कर दिया था।

रामू सुबह मुँह-अँधेरे उठकर जाल लेकर नदी की ओर निकल जाता और शाम ढले वापस आता। वह सारा दिन नदी में जाल डाले बैठा रहता। उसके पास शाम होने तक कुछ मछलियाँ इकट्ठी हो जातीं, जिन्हें बेचकर वह अपनी गृहस्थी की गाड़ी खींचता रहता। किंतु रामू फिर भी प्रसन्न रहता और दो वक्त की रूखी-सूखी मिल जाने के लिए ईश्वर का धन्यवाद करता। उसकी स्त्री लच्छो लालची प्रवृत्ति की होने के कारण रात-दिन उसको ताने ही देती रहती थी और रामू चाहे जितनी मछलियाँ ले आए, वह कभी प्रसन्न नहीं होती थी।

एक दिन रामू को हलका सा बुखार था, फिर भी वह नदी पर गया और कई बार जाल डाला, किंतु उसके हाथ एक भी मछली नहीं लगी। घर लौटकर आया तो उसकी स्त्री ने नाक में दम कर दिया। रामू उसे समझाता रहा, परंतु वह मानने को तैयार नहीं थी और उसे फिर से नदी

पर मछली पकड़ने जाने को कह रही थी, अंततः उसे फिर से नदी पर जाना पड़ा।

वह बहुत देर तक नदी में जाल डाले बैठा रहा किंतु इस बार भी कोई मछली नहीं फँसी, निराश होकर वह जाल खींचने ही वाला था कि उसे अपना जाल कुछ भारी सा प्रतीत हुआ, उसने जल्दी-जल्दी उसे खींच लिया। उसने देखा कि उसके जाल में एक छोटी सी सुंदर मछली फँसी है। उसका रंग चाँदी के समान चमक रहा था।

मछुआरे को उस मछली पर बड़ा प्यार आया और उसे जाल में से निकालकर प्रेमपूर्वक निकालकर उसकी पीठ पर हाथ फेरने लगा। छोटी सी मछली रामू से बोली, "हे मछुआरे! मुझ पर दया करो और मुझे छोड़ दो। मैं इस नदी की रानी हूँ, अगर तुम मुझे छोड़ दोगे तो मैं तुम्हारी प्रत्येक इच्छा पूरी करूँगी।"

मछुआरे को उस मछली पर बड़ा प्यार आया और उसे जाल में से निकालकर प्रेमपूर्वक निकालकर उसकी पीठ पर हाथ फेरने लगा। छोटी सी मछली रामू से बोली, "हे मछुआरे! मुझ पर दया करो और मुझे छोड़ दो। मैं इस नदी की रानी हूँ, अगर तुम मुझे छोड़ दोगे तो मैं तुम्हारी प्रत्येक इच्छा पूरी करूँगी।"

बूढ़े रामू को मछली पर दया आ गई। उसने उसे फिर से नदी में डाल दिया और चुपचाप अपनी खाली टोकरी लिये घर वापस लौट आया। लच्छो ने जब टोकरी को खाली देखा तो उसका गुस्सा सातवें आसमान पर पहुँच गया और वह बूढ़े पर चिल्लाने लगी। बूढ़े ने उसे धीरज बँधाते हुए सारी घटना कह सुनाई। लच्छो ने जब सारी बात सुनी तो वह अपने पति को कोसते हुए बोली, "तुमने उस मछली से कुछ माँगा क्यों नहीं, जाओ, अभी फौरन जाकर मछली से कुछ खाने-पीने

का सामान माँगकर ले आओ।"

बूढ़ा ना-नुकर करने लगा तो वह खूब जोर से चिल्लाने लगी। हारकर मछेरा उलटे पाँव लौट गया। नदी पर पहुँचकर वह तेज आवाज में बोला, "हे नदी की रानी मछली! तनिक बाहर आकर मेरी विनती सुन लो।" तुरंत ही नदी की लहरों में बलखाती छोटी सी सुंदर मछली नदी तट पर आ पहुँची। बूढ़ा मछेरा उसे प्रणाम करके बोला, "हे मछली रानी! मेरे घर खाने को कुछ नहीं है। कृपया मुझे खाने के लिए कुछ सामान दे दो।"

"अभी तुम घर जाओ। मैं वहीं भिजवा दूँगी।" इतना कहकर मछली फिर से नदी की लहरों में ओझल हो गई। मछेरा जब घर पहुँचा तो घर के बाहर खाने-पीने की ढेरों चीजें रखी हुई थीं।

उसने अंदर से अपनी पत्नी को बुलाया। दोनों ने मिलकर सारी चीजें घर के अंदर रखीं। बूढ़ा इस काम को अभी खत्म भी न कर पाया था कि लच्छो फिर से बोली, "सुनो जी! केवल खाने-पीने की वस्तुओं से क्या होता है! जाओ, जाकर मछली से बढ़िया-बढ़िया कपड़े तथा जेवर माँगकर ले आओ।" मछुआरा उसे समझाते हुए बोला, "देखो, अभी-अभी तो मैं इतनी सारी चीजें माँगकर लाया हूँ। बार-बार माँगना अच्छी बात नहीं है। बाकी चीजें कल जाकर माँग लूँगा।"

उसने अंदर से अपनी पत्नी को बुलाया। दोनों ने मिलकर सारी चीजें घर के अंदर रखीं। बूढ़ा इस काम को अभी खत्म भी न कर पाया था कि लच्छो फिर से बोली, "सुनो जी! केवल खाने-पीने की वस्तुओं से क्या होता है! जाओ, जाकर मछली से बढ़िया-बढ़िया कपड़े तथा जेवर माँगकर ले आओ।"

लच्छो ने उसकी एक न सुनी और वह चीखने-चिल्लाने लगी। अंत

में हार मानकर मछुआरे को जाना ही पड़ा। वह नदी किनारे पहुँचकर पुन बोला, "हे नदी की रानी मछली! तनिक बाहर आओ और मेरी विनती सुनो!" पहले की तरह मछली नदी किनारे आ गई। मछेरे ने झिझकते हुए फिर से अपनी पत्नी की इच्छा उसके सामने रखी। मछली बोली, "उसकी इच्छा पूरी हो जाएगी।"

मछेरा जब अपने घर वापस लौटा तो उसने देखा कि उसकी बूढ़ी पत्नी सुंदर वस्त्राभूषणों में सजी-धजी बैठी हुई थी। बूढ़े को देखते ही वह बोली, "सुनो जी! ये कपड़े तथा जेवर पहनकर मैं इस झोंपड़ी में रहती हुई अच्छी नहीं लगती। तुम कल सुबह जाकर मछली से रहने के लिए एक महल माँग लेना।" बूढ़ा चुपचाप उसकी बातें सुनता रहा।

मछेरा जब अपने घर वापस लौटा तो उसने देखा कि उसकी बूढ़ी पत्नी सुंदर वस्त्राभूषणों में सजी-धजी बैठी हुई थी। बूढ़े को देखते ही वह बोली, "सुनो जी! ये कपड़े तथा जेवर पहनकर मैं इस झोंपड़ी में रहती हुई अच्छी नहीं लगती। तुम कल सुबह जाकर मछली से रहने के लिए एक महल माँग लेना।" बूढ़ा चुपचाप उसकी बातें सुनता रहा।

सुबह होते ही बूढ़ी ने मछेरे को बिना कुछ खिलाए-पिलाए नदी पर भेज दिया। मछेरे ने फिर से मछली को याद किया। जब वह आई तो बूढ़ा बोला, "हे नदी की रानी! मेरी पत्नी झोंपड़ी में रहते हुए बहुत दुःख झेल रही है, इसलिए उसके रहने के लिए एक महल की जरूरत है।" "यह इच्छा भी पूरी हो जाएगी।" इतना कहकर मछली नदी की लहरों में ओझल हो गई। बूढ़ा जब घर लौटा तो उसने देखा कि उसकी झोंपड़ी के स्थान पर वहाँ एक महल खड़ा है और बूढ़ी उसके अंदर सजी-धजी बैठी है। वह बहुत खुश

दिखाई दे रही थी। कुछ दिन इसी प्रकार बीत गए। अब लालची बुढ़िया का लालच फिर सिर उठाने लगा।

एक दिन वह सुबह-सुबह मछेरे से बोली, "मैंने दिन-रात काम करते हुए अपना सारा जीवन बिता दिया। तुम उस जादुई मछली से नौकर-चाकर तथा सुख-सुविधा का दूसरा सामान देने को कहो।" बूढ़े ने उसे समझाने का प्रयत्न किया, किंतु बूढ़ी तो लालच में अंधी हो गई थी, उसने मछुआरे की एक न सुनी।

मजबूर होकर मछेरा पुनः नदी की ओर चल दिया। वहाँ पहुँचकर उसने जादुई मछली के सामने अपनी इच्छा रखी। मछली मुसकराकर उसकी दृष्टि से ओझल हो गई। मछेरा जब लौटकर वापस आया तो उसने देखा कि उसकी पत्नी सजी-धजी बैठी हुई है और उसके चारों ओर नौकर-चाकर दास-दासियाँ हाथ बाँधे खड़े हैं। एक दिन बुढ़िया सुबह-सुबह बूढ़े से लड़ने-झगड़ने लगी। वह चाह रही थी कि मछेरा मछली से उसे पूरी पृथ्वी की महारानी बनाने को कहे। जब वह किसी तरह नहीं माना तो बूढ़ी क्रोध में अपना आपा खो बैठी और नौकरों द्वारा बूढ़े को मार-पीटकर घर से निकाल दिया।

मजबूर होकर मछेरा पुनः नदी की ओर चल दिया। वहाँ पहुँचकर उसने जादुई मछली के सामने अपनी इच्छा रखी। मछली मुसकराकर उसकी दृष्टि से ओझल हो गई। मछेरा जब लौटकर वापस आया तो उसने देखा कि उसकी पत्नी सजी-धजी बैठी हुई है और उसके चारों ओर नौकर-चाकर दास-दासियाँ हाथ बाँधे खड़े हैं।

बेचारा बूढ़ा किसी प्रकार रोता-काँपता नदी के किनारे पहुँचा। उसने जादुई मछली को फिर से याद किया। किनारे पर आते ही जादुई मछली

ने पूछा, "कहो बूढ़े मछेरे, अब तुम्हारी स्त्री को किस चीज की इच्छा है?" मछेरा बोला, "हे मछली रानी! आज से पहले मैं अपनी पत्नी के कहने पर ही सबकुछ माँगता रहा, किंतु अब मेरी एक इच्छा है।" मछली मुसकराकर बोली, "कहो, वह भी पूर्ण हो जाएगी।" बूढ़ा मछेरा बोला, "मेरी तो बस इतनी सी ही इच्छा है कि तुम अपना धन-दौलत, नौकर-चाकर, महल सब वापस ले लो। मुझे तो बस मेरी पहले वाली झोंपड़ी तथा जाल चाहिए। धन ने मेरे जीवन का सारा सुख-चैन छीन लिया है।"

मछली बोली, "ठीक, यदि तुम्हारी यही इच्छा है तो ऐसा ही होगा।" वह अपने घर लौट आया। उसने देखा कि महल के स्थान पर टूटा-फूटा सामान पड़ा है तथा झोंपड़ी के अंदर बुढ़िया सोई पड़ी है। मछेरे ने उसे जगाया तो वह आँखें मलती हुई उठ बैठी। वह आश्चर्यचकित होकर अपने चारों ओर देखने लगी। बूढ़ा उसे समझाते हुए बोला, "जिस व्यक्ति को जीवन में संतुष्टि नहीं होती, वह कभी सुखी नहीं रह सकता।" बूढ़े की बात सुनकर बूढ़ी मछेरिन की आँखों से लोभ का परदा हट गया। उसे अपनी भूल का अहसास हो गया। उसने अपने पति से क्षमा माँगी।

इसके बाद दोनों पति-पत्नी सुखपूर्वक रहने लगे।

□

जादुई गाय

किसी समय एक राजा था, उसके इकलौते पुत्र का नाम कारा था और कालांतर में राजा अतिशय दरिद्रता से घिर गया, बस उसकी स्थिति भिखारी से थोड़ी ही बेहतर रह गई थी। एक दिन जब कारा कुछ बड़ा हो चरवाहा का काम करने के लायक हो गया तो राजा ने उसे बुलाया और कहा, "मेरे बेटे, अभी मैं निर्धन हूँ, परंतु कभी मैं भी धनी हुआ करता था। मेरे पास भी एक समृद्ध राज्य था, मवेशियों के रेवड़ थे और अच्छे वस्त्र भी थे; अब सबकुछ समाप्त हो चुका है; तुम जानते हो कि बड़ी कठिनाई से हम सभी को भोजन मिलता है। मैं वृद्ध हो गया हूँ और शीघ्र ही मेरी मृत्यु भी हो जाएगी, इससे पहले कि मैं तुम्हें छोड़कर इस दुनिया से चला जाऊँ, मैं तुमको एक परामर्श देना चाहता हूँ, इस दुनिया में बहुत से राजा हैं, राजा के ऊपर राजा हैं; जब मेरी मृत्यु हो जाएगी तो क्या तुम किसी शक्तिशाली राजा का आश्रय स्वीकार करोगे।" घर में भोजन की कोई पर्याप्त व्यवस्था न होने के कारण कारा को पड़ोस के राजा के यहाँ बकरियाँ चराने का कार्य करने की विवशता थी। इसी कार्य के द्वारा वह अपना भोजन, वस्त्र और दो रुपया वार्षिक वृत्ति की आजीविका कर सकता था। इसके कुछ दिनों के पश्चात् उसके पिता का निधन हो गया। कारा अपने नियोक्ता राजा के पास गया और अपने पिता का श्राद्ध–कर्म

आदि करने हेतु उसने राजा से कुछ रुपया ऋणस्वरूप देने की माँग की। राजा को यह वचन दिया कि जब तक कि उससे ली गई ऋण की रकम का भुगतान नहीं कर देता है, वह उनका कार्य करता रहेगा।

इस प्रकार राजा ने कारा को पाँच रुपए नगद अग्रिम और पाँच रुपए मूल्य के चावल ऋण स्वरूप दिए, जिससे कि कारा अपने पिता के अंत्येष्टि भोज का प्रबंध कर सका। पाँच या छह दिनों के बाद उसकी माता की भी मृत्यु हो गई तो वह पुनः राजा के पास गया और उनसे पुनः दस रुपए की माँग की; सर्वप्रथम राजा ने पैसे देने से मना कर दिया, परंतु कारा के अनुनय-विनय करने एवं उसके यह वचन देने के बाद कि यदि वह इस ऋण को चुकता नहीं कर पाएगा तो आजीवन राजा के यहाँ अपनी सेवा देता रहेगा। तब राजा ने उसे और अतिरिक्त दस रुपए ऋण दिए। इस प्रकार कारा ने अपनी माता के मृत्यु भोज का भी आयोजन किया। किंतु राजा के सभी सात लड़के अपने पिता से इस बात पर अति अप्रसन्न थे कि उन्होंने एक ऐसे व्यक्ति को क्यों बीस रुपए उधार दे दिए हैं, जिससे कि रुपए वापस मिलने की संभावना कदापि नहीं है। वे लोग कारा को पैसे लेने के कारण घुड़की भी दिया करते थे और उसको उलझन में डाल रखा था। तब उसकी स्मृति में अपने पिता का कथन उभर आया, उन्होंने कहा था कि संसार में बहुत से राजा हैं, राजा के भी राजा हैं और कारा ने किसी अन्य बड़े राजा की परिचर्या में जाने का निर्णय लिया और वहाँ से निसृत हो लिया।

इस प्रकार राजा ने कारा को पाँच रुपए नगद अग्रिम और पाँच रुपए मूल्य के चावल ऋण स्वरूप दिए, जिससे कि कारा अपने पिता के अंत्येष्टि भोज का प्रबंध कर सका। पाँच या छह दिनों के बाद उसकी माता की भी मृत्यु हो गई तो वह पुनः राजा के पास गया"

इस प्रकार वहाँ से भागने के उपरांत कुछ दूरी की यात्रा करने के पश्चात् उसे एक राजा मिला, जो कि एक पालकी पर सवार होकर अपने साथ बहुत से लोगों को लेकर अपने बेटे के लिए दुलहन लाने जा रहा था; और कारा ने जब यह सुना तो उसने भी उस राजा का अनुसरण करने का फैसला कर लिया। इस प्रकार वह भी पालकी के पीछे-पीछे चलने लगा और रास्ते में एक स्थान पर एक सियारिन दौड़कर सड़क पार कर गई; तब राजा अपनी पालकी से बाहर निकलकर आया और उसने सियारिन का अभिवादन किया।

जब कारा ने यह देखा तो उसने सोचा, 'यह दुनिया का कोई बहुत बड़ा राजा नहीं हो सकता है, वरना वह क्यों सियारिन को नमस्कार करेगा! अवश्य सियारिन ही राजा से बहुत ज्यादा शक्तिशाली होगी; मैं सियारिन का ही अनुगमन करूँगा।' इसलिए बरात के जुलूस को छोड़कर वह सियारिन के पीछे हो लिया; अब सियारिन जो थी, वह अपने छोटे-छोटे बच्चों के भोजन के लिए शिकार की तलाश में घूम रही थी, वह जहाँ भी जाती, कारा उसका पीछा करते हुए वहाँ पहुँच जाता और उसे एक भी बकरी या भेड़ को मारने का अवसर नहीं मिल सका; इस प्रकार वह अपनी गुफा में, जहाँ वह रहती थी, वापस चली गई। तब उसके शावक उसके पास भोजन माँगने आए और उसने अपने पति से कहा कि आज वह एक भी शिकार पकड़ नहीं पाई, क्योंकि जहाँ भी वह गई, एक आदमी दिन भर उसका पीछा करता रहा और वह अभी भी यहाँ गुफा के बाहर प्रतीक्षा कर रहा है।

तब सियार ने सियारिन से कहा, "तुम उस आदमी से पूछो कि वह क्या चाहता है?" इसलिए सियारिन गुफा से बाहर आई और कारा से पूछा और कारा ने कहा, "मैं अपने को सुरक्षित रखने के लिए तुम्हारे पास आश्रय लेने के लिए आया हूँ।" तब सियारिन ने सियार को बुलाया

और दोनों सियार दंपती ने कारा से कहा, "हम सियार हैं और तुम मनुष्य हो। तुम हमारे साथ कैसे रह सकते हो? हम तुमको खाने के लिए क्या दे सकते हैं और तुम्हारे लिए हम कौन सा कार्य ढूँढ़ेंगे?" कारा ने कहा, "वह उन्हें ऐसे नहीं छोड़ेगा, वह काफी उम्मीद के साथ उनके पास आया है।" अंत में सियार युगल को उस पर दया आ गई और वे आपस में एक-दूसरे से सलाह करके बोले, "तुम इतनी अपेक्षा से हम लोगों के पास आए हो, इसलिए हम तुम्हें एक सौगात देंगे।" उन्होंने कारा को एक गाय दी, जो गुफा में ही इनके पास थी, कारा से कहा, "क्योंकि तुमने हम पर विश्वास किया है, इसलिए हमने तुमको लाभ पहुँचाने का निर्णय लिया है; तुम यह गाय ले लो, यदि तुम इसे माँ कहकर संबोधित करोगे तो यह गाय तुम्हारी प्रत्येक इच्छा पूरी करेगी; किंतु लोगों के सामने इससे कुछ मत माँगना, अन्यथा लोग इसे तुमसे छीन लेंगे और यदि कोई तुमको किसी प्रकार का प्रलोभन दे तो इसे छोड़ मत देना।"

तब कारा ने उनका धन्यवाद दिया और उनसे आशीर्वाद ग्रहण कर गाय को लेकर अपने घर की ओर चल पड़ा। रास्ते में जब वह तालाब के नजदीक आया तो उसकी इच्छा स्नान करने और फिर भोजन करने की हुई; जब वह स्नान कर रहा था तो उसने एक महिला को तालाब के दूसरे किनारे पर कपड़ा साफ करते देखा, लेकिन उसने सोचा कि वह महिला उस पर ध्यान नहीं देगी, इसलिए वह गाय के पास गया और कहा, "माँ, मुझे बदलने के लिए दूसरा कपड़ा दो।" उसके बाद गाय ने वमन करके कुछ नए वस्त्र दे दिए और वे उसने पहन लिये। अब वह बहुत भला लग रहा था। उसने गाय से कुछ थाली और बरतन की माँग की और गाय ने उसे दे दिए; तब उसने गाय से कुछ रोटी और सूखे चावल माँगे, और उसने जो भी माँगा था, उनको खा लिया और गाय से कहा कि थाली और बरतन उसके लिये रख ले; और गाय उन सभी को पुनः निगल गई।

अब वह महिला जो कि तालाब के दूसरे किनारे पर थी, उसने यह सबकुछ होते हुए देखा था और भागकर अपने घर गई और अपने पति से जो देखा था, वह सारा वृत्तांत कह सुनाया और पत्नी ने पति से जिद की कि किसी भी प्रकार वह उससे वह जादुई गाय प्राप्त कर ले। यद्यपि उसके पति ने इस पर भरोसा नहीं किया, किंतु इस घटना का परीक्षण करने का सोचा। इस प्रकार वे दोनों कारा के पास गए और उससे पूछा कि वह कहाँ जा रहा है। उन्होंने कारा को रात्रि भोजन और रात में अपने घर में ठहरने तथा उसकी गाय को खाने के लिए घास देने का प्रस्ताव दिया। कारा ने उनके निमंत्रण को स्वीकार कर लिया और उनके घर चला गया और वहाँ उन्होंने कारा को सोने के लिए अपना अतिथि कक्ष दिया और पूछा कि वह क्या खाना चाहेगा, किंतु कारा ने कहा कि वह रात में भोजन नहीं करेगा, कारा चाहता था कि जब घर के सभी लोग सो जाएँगे, तब वह गाय से भोजन माँग लेगा। तब दोनों पति और पत्नी ने एक योजना बनाई और यह दिखावा किया कि उन दोनों में बड़ा ही उग्र झगड़ा हुआ है और दोनों एक-दूसरे को कुछ देर गाली देने के बाद पति गुस्से में तमककर घर से बाहर चला गया और यह दिखावा किया कि वह घर से भाग गया है; लेकिन कुछ दूर जाने के पश्चात् वह दबे पाँव चुपके से अतिथि कक्ष में लौट आया। छत पर एक छकड़ा गाड़ी का ऊपरी भाग रखा हुआ था, उसी छकड़ा गाड़ी के ऊपरी

अब वह महिला जो कि तालाब के दूसरे किनारे पर थी, उसने यह सबकुछ होते हुए देखा था और भागकर अपने घर गई और अपने पति से जो देखा था, वह सारा वृत्तांत कह सुनाया और पत्नी ने पति से जिद की कि किसी भी प्रकार वह उससे वह जादुई गाय प्राप्त कर ले।

भाग पर चढ़कर उसने अपने आप को छुपा लिया, कारा को इसके बारे में कुछ पता नहीं चला। जब कारा ने सोचा कि घर के सभी लोग सो गए हैं तो उसने गाय से कुछ भोजन सामग्री माँगी, उत्तम भोजन बनाकर खाया और सोने चला गया।

वह आदमी जो कि ऊपर छुपा हुआ था, वहाँ से सबकुछ देख रहा था और उसने यह पाया कि उसकी पत्नी ने जो कुछ भी बताया था, वह सत्य था; इसलिए मध्य रात्रि में वह छकड़ा गाड़ी जहाँ वह छुपा हुआ था, उससे नीचे उतरा और कारा की जादुई गाय को अपने साथ ले जाकर उसे अपनी गायों के बीच उसी रंग की गाय से मिलती-जुलती रंग की गाय के साथ बदलकर रखा दिया। अगले दिन प्रातःकाल में कारा जगा और अपनी गाय के पगहे को खोलकर आगे की यात्रा करने के लिए जाना चाहा, किंतु गाय ने कारा का अनुकरण नहीं किया; तब कारा ने देखा कि यह गाय तो दूसरी है, बदली हुई हैं और उसने आतिथेय को बुलाया और उस पर गाय की चोरी का आक्षेप लगाया। उस व्यक्ति ने इस अभियोग को अस्वीकार कर दिया और उससे कहा कि किसी भी ग्रामीण से पूछ लो, जिसने कारा को कल यहाँ गाय को लाते हुए देखा हो; अब किसी ने कारा को कल गाय लाते नहीं देखा था, लेकिन कारा इस बात पर दृढ़ रहा कि उसकी गाय बदल दी गई है और वह गाँव के प्रधान तथा ग्रामीणों को इस विषय के निराकरण के लिए बुलाने गया, लेकिन चोर ने एक सौ रुपए ग्राम प्रधान को एवं ग्रामीणों को एक सौ रुपए रिश्वत दी और इस बात के लिए उनको राजी कर लिया कि वे निर्णय उसके पक्ष में देंगे; इस प्रकार जब ग्राम प्रधान एवं ग्रामीण फैसला करने आए तो उन्होंने कारा से कहा कि आज प्रातःकाल उसे जो गाय रस्सी से बँधी मिली है, वही गाय उसकी है, वह उसे अपने साथ लेकर चला जाए।

कारा ने इस निर्णय का प्रतिरोध किया और कहा, अब वह उसको

बुलाएगा, जिससे उसने यह गाय खरीदी थी और वह उसी गाय को इंगित करते हुए अपना बताते हुए कहा कि इसे ही लेकर यहाँ से जाएगा। उनको यह भी कहा कि जब वह यहाँ से जाएगा, उतनी देर के लिए यह गाय उनकी जिम्मेदारी में है, और वह तेजी से सियारों की गुफा की ओर चल पड़ा। सियारों को किसी प्रकार यह ज्ञात हो चुका था कि कारा के पास से गाय ठग ली गई है। उन्होंने मिलते ही कहा, "अच्छा, तुमने अपनी गाय को खो दिया है?" और कारा ने जवाब दिया कि वह उन्हें अपने एवं ग्रामीणों के मध्य हुए विवाद में न्यायाधीश बनाकर ले जाने हेतु आया है, इसलिए दोनों सियार कारा के साथ गाँव चले गए और कारा सीधे ग्राम प्रधान के पास यह कहने के लिए चला गया कि वह सभी ग्रामीणों को इकट्ठा कर ले; इस बीच दोनों सियार एक पीपल के पेड़ के नीचे चटाई बिछाकर पान चबाते हुए बैठ गए और जब ग्रामीण जमा हो गए, तब सियार ने बोलना आरंभ किया, और कहा, "यदि एक न्यायाधीश रिश्वत लेता है तो उसके वंश की कई पीढ़ी को इहलोक एवं परलोक दोनों में विष्ठा खानी पड़ेगी; लेकिन यदि वह प्रजा के बीच अपराध स्वीकरण कर लेता है तो उसे इस सजा से मुक्ति मिल सकती है। यही हमारे पूर्वजों ने कहा है और जो व्यक्ति किसी को धोखा देता है तो

वह आदमी जो कि ऊपर छुपा हुआ था, वहाँ से सबकुछ देख रहा था और उसने यह पाया कि उसकी पत्नी ने जो कुछ भी बताया था, वह सत्य था; इसलिए मध्य रात्रि में वह छकड़ा गाड़ी जहाँ वह छुपा हुआ था, उससे नीचे उतरा और कारा की जादुई गाय को अपने साथ ले जाकर उसे अपनी गायों के बीच उसी रंग की गाय से मिलती-जुलती रंग की गाय के साथ बदलकर रखा दिया।

उसे नरक में जाना पड़ेगा, यह भी पूर्वजों ने कहा है। अब तुम सभी इस विषय में ईमानदारी से जाँच करो; हम लोग ईश्वर के समक्ष निष्पक्षतापूर्ण न्याय करने की शपथ लेंगे और शिकायतकर्ता तथा अभियोगी को भी यह शपथ लेनी होगी।" यह सुनकर ग्राम प्रधान का अंतःकरण व्यथित हुआ और उसने स्वीकार किया कि उसने एक सौ रुपए रिश्वत ली है और ग्रामीणों ने भी स्वीकार किया उनको एक सौ रुपए रिश्वत दी गई है; तब सियार ने अभियुक्त से पूछा कि उसको इस पर क्या कहना है, किंतु वह अडिग रहा कि उसने गाय को नहीं बदला है; तब सियार ने कहा कि यदि वह कुसूरवार साबित हो जाता है तो वह क्या क्षतिपूर्ति देगा, उस व्यक्ति ने कहा कि वह इसका दुगुना भुगतान करेगा।

> *कारा ने इस निर्णय का प्रतिरोध किया और कहा, अब वह उसको बुलाएगा, जिससे उसने यह गाय खरीदी थी और वह उसी गाय को इंगित करते हुए अपना बताते हुए कहा कि इसे ही लेकर यहाँ से जाएगा।*

तब सियार ने गाँववालों को गवाह बनाया कि इस व्यक्ति ने अपने लिए क्या सजा तय की है, और सियार ने प्रस्ताव रखा कि वह और उसकी पत्नी दोनों सियार मवेशियों के समूह में जाएँगे, और यदि वे उस गाय को पहचान लेते हैं, जिसे कारा अपनी बताता है तो यह निश्चित प्रमाण होगा कि वही गाय कारा की है। इसलिए दोनों सियार जाकर और गाय को चुनकर बाहर ले आए, ग्रामीण अचंभित हो चिल्ला उठे—"यही न्याय है। वे इतनी दूर से आए हैं और एक बार में ही गाय को पहचान लिया।" वह आदमी, जिसने कि चोरी की थी, उसके पास देने के लिए अब कोई जवाब नहीं था; तब सियार ने कहा, "तुमने स्वयं ही वादा किया था कि दूना दंड दोगे; तुमने एक सौ रुपया प्रधान को

और एक सौ रुपया ग्रामीणों को दिया और जिस गाय को तुमने चुराया था, उसका मूल्य दो सौ रुपया है, सब मिला करके चार सौ रुपया हुआ, इस प्रकार तुमको आठ सौ रुपया दंड देना होगा।" और उस व्यक्ति को आठ सौ रुपया दंड देना पड़ा। सियार ने सब पैसा ग्रामीणों में वितरित कर दिया, केवल दस रुपए कारा को दिए और अपने लिए कुछ नहीं रखा।

तब कारा और सियार गाय को साथ लेकर विदा हुए। गाँव से बाहर निकलने के पश्चात् सियार ने दोबारा कारा को सतर्क किया कि किसी के सामने गाय से कुछ भी न माँगे और विदा लेकर अपने घर के लिए रवाना हो गया। कारा ने अपनी यात्रा जारी रखी और शाम को वह आम के एक बड़े बगीचा में पहुँचा, जहाँ रात्रि विश्राम के लिए कई गाड़ीवान पहले से ठहरे हुए थे। इसलिए कारा उन गाड़ीवानों से थोड़ी दूरी पर एक पेड़ के नीचे रुक गया और अपनी गाय को एक पेड़ की जड़ से बाँध दिया। शीघ्र ही आँधी आ गई और सभी गाड़ीवानों ने अपनी-अपनी गाड़ियों के नीचे आश्रय ले लिया और कारा ने गाय से एक तंबू की माँग की। वे दोनों रात में उस तंबू में रहे। पूरी रात बड़े जोरों की वर्षा होती रही और प्रात:काल जब गाड़ीवानों ने तंबू देखा तो उन्हें आश्चर्य हुआ, यह कहाँ से आया और वे इस निष्कर्ष पर आए कि यह गाय ने ही दिया होगा, यह गाय जादुई है; इसलिए उन्होंने गाय को चुरा लेने का मन बनाया।

कारा को दिन में, जब सभी गाड़ीवान वहीं आस-पास ही थे, गाय से तंबू को निगल जाने के लिए कहने की हिम्मत नहीं हुई, इसलिए वह अगले दिन और रात तक वहीं रुका रहा और गाय को तंबू से अलग रखा। जब कारा को नींद आ गई तो कुछ गाड़ीवान आए तथा गाय को लेकर चले गए और उसके स्थान पर एक बछड़ा सहित दूसरी गाय को रख दिया, उन लोगों ने उस जादुई गाय को आम की गठरी से लदे छकड़े के पीछे छिपा दिया। प्रात:काल कारा ने अचानक देखा कि क्या घटना

घटी है और वह गाड़ीवानों के पास जाकर पूछने लगा। उन पर चोरी का दोषारोपण किया; उन सभी ने इस मामले में किसी प्रकार की जानकारी के होने से इनकार किया और कहा कि वह चाहे तो अपनी गाय को खोज ले; इसलिए वह छावनी में खोजने लगा, लेकिन गाय को नहीं खोज पाया।

तब उसने गाँव के प्रधान और चौकीदार को कहा। वे भी नहीं खोज पाए और कारा को सलाह दी कि उसी गाय और बछड़े को रख ले। ये दोनों पहले वाली अकेली गाय से तो अच्छे हैं; लेकिन उसने लेने से इनकार कर दिया और कहा कि वह दंडाधिकारी के पास अभियोग लगाएगा और उसने प्रधान से वचन लिया कि जब तक वह वापस आ नहीं जाता है, इन गाड़ीवानों को यहाँ से जाने नहीं देगा। इसलिए वह एक मुसलिम दंडाधिकारी के पास गया और यह संयोग की बात थी कि वह एक ईमानदार आदमी था, जो रिश्वत नहीं लेता था और केवल न्याय करता था, अमीर-गरीब में किसी प्रकार का कोई भेदभाव नहीं करता था; वह हमेशा दोनों पक्षों की बात बड़े ध्यान से सुना करता था, वह उन कुछ धूर्त दंडाधिकारियों में से नहीं था, जो कि बराबर उन कहानियों पर भरोसा करते थे, जो कि पहले उनको बताई जा चुकी होतीं, और बाद में दूसरे पक्ष की ओर से जो कुछ भी कहानी बताई जाती, उस पर कोई ध्यान नहीं देते। इसलिए कारा ने जब दंडाधिकारी को अपनी शिकायत बताई तो उन्होंने गाड़ीवानों को बुलाया और गाड़ीवानों ने शपथ लेकर कहा कि उन लोगों ने गाय की चोरी नहीं की है। उन्होंने यह भी कहा, यदि

> ***तब कारा और सियार गाय को साथ लेकर विदा हुए। गाँव से बाहर निकलने के पश्चात् सियार ने दोबारा कारा को सतर्क किया कि किसी के सामने गाय से कुछ भी न माँगे और विदा लेकर अपने घर के लिए रवाना हो गया।***

उनके पास गाय मिल जाती है तो वे अपनी पूरी संपत्ति छोड़ देंगे।

दंडाधिकारी ने छावनी में तलाशी के लिए पुलिस को भेजा और पुलिस ने गट्ठर के ढेर में से गाय को खोज निकाला, चारों ओर गट्ठरों को रखकर गाय को बीच में छिपा दिया गया था, उसी के अंदर गाय मिली। गाय को दंडाधिकारी के पास ले जाया गया। तब दंडाधिकारी ने आदेश दिया कि गाड़ीवानों को अपना कहा पूरा करना होगा, नहीं तो उनको जेल में बंद कर दिया जाएगा। उन गाड़ीवानों ने अपनी पूरी संपत्ति कारा को दे दी। इसलिए कारा सभी माल-असबाब, गट्ठर को गाड़ी पर लाद करके आनंदपूर्वक अपने घर की ओर चल पड़ा। पहले तो गाँववाले उसे पहचान नहीं पाए कि यह जो इतनी संपत्ति के साथ आया है, कौन है, लेकिन कारा ने जब अपना परिचय दिया, तब वे बहुत ही अचंभित हुए और बड़ी ही प्रसन्नता से उसको एक शानदार घर बनाने में मदद की। तब कारा राजा के पास गया, जहाँ से उसने अपने माता-पिता के श्राद्ध-कर्म के लिए रुपया उधार लिया था, उसने जो भी राजा का पावना था, उसे राजा को लौटा दिया। राजा कारा से बहुत प्रसन्न हुआ और उसने अपनी बेटी का विवाह कारा के साथ कर दिया। कुछ दिनों के बाद कारा ने अपने श्वसुर के राज्य में से अपना हिस्सा लिया और उसके बाद बड़े ही समृद्धिपूर्वक रहने लगा।

और राजा के सात बेटे जो कि पहले कारा को घुड़का करते थे, कारा की सफलता को देखकर वे भी विदेश जाने के लिए बड़े उतावले थे। वे सभी विदेश जाने की योजना बनाने लगे, ताकि वे भी ढेर सारा धन प्राप्त कर लाएँ; इसलिए वे अपने पिता से कुछ पैसे लेकर चल पड़े। लेकिन उन्होंने सब पैसों का अपव्यय कर उसे समाप्त कर दिया और बिना एक भी पैसा उपार्जित किए वापस अपने पिता के पास लौट आए।

□

चील और राजा

बहुत समय पहले एक लड़का था, जो अपना पेट भरने के लिए तीर-कमान लेकर पहाड़ों में शिकार करने के लिए जाया करता था। एक दिन वह पूरी दोपहर शिकार की तलाश में पहाड़ों में भटकता रहा, पर उसे कोई भी जानवर दिखाई नहीं दिया। लड़का उदास हो गया और सोचने लगा कि आज शायद उसे खाना नहीं मिलेगा, तभी अचानक उसे आसमान की ओर से कुछ आवाज सुनाई दी। उसने ऊपर देखा तो पाया कि एक बड़ी सी चील एक साँप को पंजों में दबाए तेजी से उड़ती चली आ रही है। चील ने पंजों में दबे साँप को पहाड़ी में बने अपने घोंसले में छोड़ा और तुरंत नए शिकार की तलाश में निकल गई।

उत्सुकतावश लड़का चील के घोंसले की तरफ बढ़ने लगा। घोंसले के पास पहुँचकर उसने देखा कि वहाँ चील का एक बच्चा बैठा हुआ है और उसके सामने मरा हुआ साँप पड़ा है। चील का बच्चा लड़के को बड़ा प्यारा लगा और वह चुपचाप उसे देखने लगा। अभी लड़का चील के बच्चे को निहार ही रहा था कि तभी साँप के शरीर में हरकत हुई और उसने अपना फन ऊपर उठाया। साँप दरअसल मरा नहीं था। इससे पहले कि साँप चील के बच्चे को काट पाता, लड़के ने फुरती से अपना तीर-कमान निकाला और एक ही निशाने में साँप को ढेर कर दिया। लड़के ने सोचा कि चूँकि उसने चील के बच्चे की जान बचाई है, इसलिए इस पर

अब उसका पूरा अधिकार है। उसने घोंसले के पास जाकर सावधानी से बच्चे को उठाया और अपने घर की ओर चल दिया।

अभी वह घर पहुँच नहीं पाया था कि तभी वह विशाल चील न जाने कहाँ से प्रकट हुई और आसमान में उसके सिर के ऊपर मँडराने लगी।

"तुमने मेरे बच्चे को क्यों उठाया?" चील ने गुस्से में लड़के से पूछा।

"क्योंकि मैंने इसकी जान बचाई है, तुम जिस साँप को मरा हुआ समझकर घोंसले में छोड़ गई थी, दरअसल वह जिंदा था और तुम्हारे बच्चे को काटने वाला था!" लड़के ने चील से कहा।

यह सुनते ही चील का गुस्सा ठंडा पड़ गया। उसने लड़के से विनती करते हुए कहा, "तुम मुझे मेरा बच्चा सौंप दो। बदले में मैं अपनी तीक्ष्ण दृष्टि और शक्तिशाली पंखों से हमेशा तुम्हारी मदद करूँगी!"

लड़के ने चील के बच्चे को छोड़ दिया। उस दिन के बाद से लड़का और चील अभिन्न मित्र बन गए। अब लड़के को शिकार की तलाश में भटकना नहीं पड़ता था, क्योंकि चील आकाश में उड़कर अपनी तेज दृष्टि से शिकार की तलाश करती और लड़के को बता देती। धीरे-धीरे लड़का बड़ा हुआ और चील की मदद से अपने इलाके का नामी शिकारी और योद्धा बन गया। उसकी बहादुरी से प्रभावित होकर एक दिन उस राज्य के लोगों ने उसे अपना राजा मान लिया। राजा बनने के बाद उसका नाम श्काईप रखा गया, अल्बानिया की भाषा में जिसका अर्थ होता है—चील।

श्काईप आगे चलकर बहुत ही योग्य और शक्तिशाली राजा सिद्ध हुआ। चील की मदद से उसने जीवन भर अपने राज्य और प्रजा की शत्रुओं से रक्षा की। आज भी आप अल्बानिया के झंडे को देखेंगे तो उसमें चील का चित्र दिखाई देगा, जो उस बहादुर राजा और चील की मित्रता का प्रतीक है।

□

सोने का कौवा

बहुत दिन हुए एक गाँव में एक गरीब स्त्री रहती थी। एक छोटी सी लड़की को छोड़कर उसके और कोई नहीं था। यह लड़की बड़ी सुंदर और भोली थी, इसलिए हर कोई उसे बहुत प्यार करता था।

एक दिन स्त्री ने थोड़े से चावल एक थाली में डालकर सुखाने के लिए धूप में रख दिए और लड़की से उनकी रखवाली करने को कहा। लड़की थाली के पास बैठ गई और चिड़ियों को उड़ाने लगी।

अभी उसे चावलों की रखवाली करते थोड़ी ही देर हुई थी कि एक बड़ा विचित्र कौवा उड़ता हुआ वहाँ आया और थाली के पास बैठ गया। लड़की ने उसे आश्चर्य से देखा। ऐसा कौवा उसने पहले कभी नहीं देखा था। इस कौवे के पंख सोने के थे और चोंच चाँदी की। उसके पाँव ताँबे के बने हुए थे। कौवे ने वहाँ आते ही हँसना और चावल खाना शुरू कर दिया। जब लड़की ने यह देखा तो उसकी आँखों में आँसू आ गए। उसने चिल्लाकर कहा, "इन चावलों को मत खाओ। मेरी माँ बहुत गरीब है। उसके लिए ये चावल भी बहुत कीमती हैं।"

सोने के पंखवाले कौवे ने बड़े स्नेह के साथ लड़की की ओर देखा और कहा, "तुम बहुत भोली और अच्छी लड़की हो, मैं तुम्हें इन चावलों की कीमत दे दूँगा। तुम कल सुबह सूरज निकलने से पहले गाँव के बाहर

बड़े पीपल के पास आना। वहाँ मैं तुम्हें कुछ दूँगा।" यह कहकर कौवा उड़ गया।

लड़की बहुत खुश हुई। वह सारा दिन और सारी रात इस विचित्र कौवे के बारे में सोचती रही। दूसरे दिन सुबह सूरज निकलने से पहले ही वह पीपल के उस पेड़ के नीचे पहुँच गई। जब उसने निगाह उठाकर उस पेड़ की पत्तियों के बीच में झाँका तो उसके आश्चर्य का ठिकाना नहीं रहा। घनी पत्तियों वाले उस पेड़ की चोटी पर सोने का एक छोटा सा महल बना हुआ था। यह महल बहुत सुंदर था और अँधेरे में भी जगमगा रहा था। लड़की बहुत देर तक वहाँ खड़ी उसे देखती रही।

जब कौवा सोकर उठा तो उसने अपने महल की खिड़की से मुँह बाहर निकाला और पुकारा, "ओह, तो तुम आ गई हो। तुम्हें ऊपर आ जाना चाहिए था, लेकिन ठहरो, मैं नीचे सीढ़ी लटकाए देता हूँ। बताओ, तुम्हें सोने की सीढ़ी चाहिए, चाँदी की या ताँबे की?"

लड़की बहुत खुश हुई। वह सारा दिन और सारी रात इस विचित्र कौवे के बारे में सोचती रही। दूसरे दिन सुबह सूरज निकलने से पहले ही वह पीपल के उस पेड़ के नीचे पहुँच गई। जब उसने निगाह उठाकर उस पेड़ की पत्तियों के बीच में झाँका तो उसके आश्चर्य का ठिकाना नहीं रहा।

लड़की ने कहा, "मैं गरीब माँ की गरीब बेटी हूँ। मैं तो सिर्फ ताँबे की सीढ़ी लटकाने को कह सकती हूँ।" लेकिन लड़की को यह देखकर आश्चर्य हुआ कि कौवे ने सोने की सीढ़ी लटका दी और वह उस पर चढ़कर सोने के महल में पहुँच गई। यह छोटा सा महल तरह-तरह की विचित्र और सुंदर चीजों से सजा हुआ था। इसके अंदर भी कोई चीज सोने की थी, कोई चाँदी की और कोई ताँबे की।

लड़की बहुत देर तक घूम-घूमकर महल को देखती रही। इसके बाद कौवे ने कहा, "मैं समझता हूँ, तुम्हें भूख लगी होगी। आओ, पहले थोड़ा नाश्ता कर लो। बताओ, तुम सोने की थाली में भोजन करोगी, चाँदी की थाली में या ताँबे की थाली में?"

लड़की ने उत्तर दिया, "मैं गरीब माँ की गरीब बेटी हूँ। मैं तो सिर्फ ताँबे की थाली को कह सकती हूँ।" लेकिन उसे यह देखकर आश्चर्य हुआ कि उसे सोने की थाली में भोजन परोसा गया।

भोजन कर चुकने के बाद कौवा अपने अंदर वाले कमरे से तीन बक्से उठा लाया। इसमें एक बक्स बड़ा था, दूसरा उससे छोटा और तीसरा सबसे छोटा। तीनों बक्सों को मेज पर रखते हुए कौवा बोला, "इनमें से एक बक्स चुन लो। घर जाकर तुम इसे अपनी माँ को दे देना।"

भोजन कर चुकने के बाद कौवा अपने अंदर वाले कमरे से तीन बक्से उठा लाया। इसमें एक बक्स बड़ा था, दूसरा उससे छोटा और तीसरा सबसे छोटा। तीनों बक्सों को मेज पर रखते हुए कौवा बोला, "इनमें से एक बक्स चुन लो। घर जाकर तुम इसे अपनी माँ को दे देना।"

लड़की ने सबसे छोटा बक्स उठा लिया और कौवे को धन्यवाद देकर सीढ़ी से नीचे उतर आई। जब वह घर पहुँची तो दोनों माँ-बेटियों ने बड़ी खुशी और उल्लास के साथ बक्स खोला, उसके भीतर से बहुत सा सोना निकला।

उनके पड़ोस में एक स्त्री रहती थी, जो बहुत ही लालची थी। उसके एक लड़की थी। यह लड़की भी बड़ी घमंडी और बात-बात में क्रोध करनेवाली थी। जब इस स्त्री ने दूसरी स्त्री और उसकी बेटी को अमीर होते देखा तो वह उससे ईर्ष्या करने लगी। बहुत कोशिश करने के बाद

उसने उनके अमीर होने के रहस्य का पता लगा लिया।

दूसरे दिन उसने भी एक थाली में चावल भरकर धूप में सुखाने के लिए रख दिए और अपनी बेटी को उसकी रखवाली के लिए बैठा दिया।

लड़की वहाँ बैठ तो गई, लेकिन वह बहुत आलसी थी। थोड़ी देर तक तो वह चिड़ियों को उड़ाती रही, फिर थककर एक ओर बैठ गई और पक्षी आ-आकर उसके चावलों को खाने लगे। जब उन्होंने आधे से भी ज्यादा चावल खा डाले तो वह विचित्र कौवा वहाँ आया और चावल खाने लगा। उसे देखते ही वह लड़की जोर से चिल्लाकर बोली, "ऐ कौवे, जो चावल तुमने खाए हैं, तुम्हें उनकी कीमत देनी पड़ेगी। हमें ये चावल मुफ्त में ही नहीं मिले हैं, जो तुम इस तरह इन्हें खाए जा रहे हो।"

लड़की वहाँ बैठ तो गई, लेकिन वह बहुत आलसी थी। थोड़ी देर तक तो वह चिड़ियों को उड़ाती रही, फिर थककर एक ओर बैठ गई और पक्षी आ-आकर उसके चावलों को खाने लगे। जब उन्होंने आधे से भी ज्यादा चावल खा डाले तो वह विचित्र कौवा वहाँ आया और चावल खाने लगा।

कौवे ने क्रोध से लड़की की तरफ देखा, लेकिन फिर उसने नम्र स्वर में कहा, "अच्छी लड़की, मैं तुम्हें चावलों की कीमत दूँगा। तुम कल सुबह ही सूरज निकलने से पहले उस बड़े पीपल के पेड़ के नीचे आ जाना। वहाँ मैं तुम्हें कुछ दूँगा।" इतना कहकर कौवा उड़ गया। दूसरे दिन सुबह ही वह लड़की पीपल के उस बड़े पेड़ के नीचे पहुँच गई और कौवे के जागने की प्रतीक्षा किए बिना ही जोर से चिल्लाकर बोली, "ऐ कौवे, मैं आ गई हूँ। अब मुझे मेरे चावलों की कीमत दो।"

कौवे ने अपने सोने के महल की खिड़की से अपना सिर बाहर

निकाला और कहा, "जरा ठहरो, मैं नीचे सीढ़ी लटकाए देता हूँ। तुम्हें उसपर चढ़कर ऊपर आना होगा। बताओ, तुम्हें सोने की सीढ़ी चाहिए, चाँदी की या ताँबे की?"

लड़की ने तुरंत ही कहा, "ताँबे की सीढ़ी पर चढ़ने से तो मेरे हाथ छिल जाएँगे। मुझे तो सोने की सीढ़ी चाहिए।"

लेकिन लड़की को यह देखकर आश्चर्य हुआ कि कौवे ने उसके लिए ताँबे की सीढ़ी लटकाई। उसी सीढ़ी पर चढ़कर लड़की कौवे के सोने के महल में पहुँच गई। उसके वहाँ पहुँचते ही कौवे ने पूछा, "तुम्हें भूख लगी होगी, पहले थोड़ा नाश्ता कर लो। बताओ, तुम सोने की थाली में भोजन करोगी, चाँदी की थाली में या ताँबे की थाली में?"

लालची लड़की ने उत्तर दिया, "मैंने तो ताँबे की थाली में कभी भोजन नहीं किया, मुझे तो सोने की थाली चाहिए।" लेकिन उसे यह देखकर निराशा हुई कि उसे ताँबे की थाली में ही भोजन परोसा गया।

भोजन कर चुकने के बाद कौवा अपने अंदर वाले कमरे से तीन बक्से उठा लाया। इसमें एक बक्स बड़ा था, दूसरा उससे छोटा और तीसरा सबसे छोटा। तीनों बक्सों को मेज पर रखते हुए कौवा बोला, "इनमें से एक बक्स चुन लो। घर जाकर तुम इसे अपनी माँ को दे देना।"

लालची लड़की ने सबसे बड़ा बक्स उठा लिया और कौवे को धन्यवाद दिए बिना ही सीढ़ी से उतर गई। जब वह घर पहुँची तो दोनों माँ-बेटियों ने बड़ी खुशी और उल्लास के साथ बक्स खोला, लेकिन यह क्या? उसके भीतर एक बहुत बड़ा और काला साँप निकला।

लालची लड़की को उसके लालच का फल मिल गया। इसके बाद फिर उसने कभी लालच नहीं किया।

□□□